詩人の遠征

16

荒川洋治と石毛拓郎

その〈詩〉的現在を問う

愛敬浩一

洪水企画

目次

荒川洋治と石毛拓郎——その〈詩〉的現在を問う

第一部　荒川洋治

荒川洋治の〈詩〉をどう読むか

——最新詩集『真珠』を読む

……詩人が眼をそとにむけて人類について知ったこと、また自己の内心をみつめて知ったこと、その両者がひとつの全体的真実へと焦点があわされるのです。

C・D・ルイース『詩をどう読むか』

一　読むことと書くこと、もしくは、分かることと分からないこと

詩の読み方が分からない、という人は多い。小説の読み方が分からない、という人はほとんど聞かないが、分からない小説というものもある。もんだいは、分かるか、分からないかでは

なく、それが言語表現として、私たちを〝読みへと誘う〟何かを持っているかどうか、の方ではないだろうか。

さらに言うなら、分かりやすいという同じ小説を読んだとしても、そこから受け取るものは、人によって全く違う。ただ、あらすじだけが読み取れて分かったと思い込んでいるだけなら、おそらく、その人は「読む」ということを誤解しているのだ。分かりやすい〈詩〉を書くべきなどという議論も論外である。

荒川洋治『文庫の読書』(中公文庫・二〇二三年四月)を読みながら、改めて、〝「読む」こと〟についてあれこれ考えさせられ、さらに、彼の〈詩〉をどう読んだらいいのか、考え始めてしまった。

もちろん、この〝問い〟の裏側には、多くの〈詩〉を書く人々も、〈詩〉を分かっているのかどうか、自分の〈詩〉を書くだけで、そもそも、他人の〈詩〉を読んだことがあるのか、という疑義もある。もしかしたら、「詩の読み方が分からない」という素直な人より、〈詩〉を書いているつもりの人の方が、始末も悪いかもしれない。

詩を書く人が、必ずしも他の人の〈詩〉を分かるなどとは思わない。いや、特に〈詩〉にこだわらなくとも、何であれ、他人のことなど分からない。いやいや、そもそも自分のことすら分からないのだからこそ、様々な表現の試みが、人類史上においても、個々人においても始まったということではないだろうか。

オーストリアの精神科医であったアルフレッド・アドラー（1870～1937）は『個人心理学講義』（一九二八年）で、「言葉は社会が発明したものであることは、誰でも知っている。しかし、個人の不完全さが、言葉の母であったことを理解している人はほとんどいない。」と指摘している。「理解する」ことも「伝える」ことも、決して簡単なことではない。私たちが一人で生きているわけではない以上、どうすれば他者を理解し、意思疎通できるのか、それが、どれほど難しいことなのか、今さらながら、驚くほどだ。逆に言えば、「共感」ということが、どれほど私たちに生きることの意味を教えてくれるのか、それが、どれほど他者への関心につながり、自らをも生かすのか、……たぶん、言葉はなくとも、キャッチボールの相手がいるだけで、世界はあたたかくなる。言葉も、始まる。

一人ひとりが自由に生きるためにこそ、他の誰かや、人類についても考え直す必要が生まれる。チームも欲しいし、試合ができて、その試合の観客までいてくれたら、どんなにか素晴らしいことだろう。

まず、荒川洋治『文庫の読書』の方だが、巻末にある底本・初出一覧をみると、新聞の書評が中心で、そこに各文庫の解説など、これまで荒川洋治が刊行した十冊近い著書から、「文庫」

を対象とした文章のみを集めた「文庫オリジナル」本である。単行本未収録の文章や書き下ろしも入っている。

新刊書を紹介する書評の場で、ことさらに「文庫」を対象とすることも驚きだが、まちがいなく「新刊の文庫」というものがあり、外国文学の場合は新訳もあり、それは単行本の刊行とは別種の重みがある。まして舞台が一般紙の新聞であることの意味は大きい。

もっとも、その一般紙ですら、その多くの書評は、海外からの新情報や、最新の動向ばかりに目を向けるあまり、難解な用語を駆使する専門家が中心となってしまうことが多い。ところが、荒川洋治は、そういう書評の場において、話題の書や新刊の専門書をとりあげるより、既に評価が定まった名作を文庫化したものを対象として、論評することが多いようにみえた。まさに、それが事実である証拠が、本書『文庫の読書』ということになろう。日本と外国の名作小説が中心だが、それ以外のジャンルも扱い、詩の関係も少し対象としている。

ここでは、寺山修司『戦後詩――ユリシーズの不在』(講談社文芸文庫)についての、荒川洋治の評言を見てみよう。寺山修司が二十九歳時の著作という指摘もあり、紀伊國屋新書からちくま文庫を経て、「半世紀後のいま」も「文庫」として〝生きている〟ことを教えてくれる。

誰でもが手に入れやすい「文庫」であることの存在意義は大きい。荒川洋治の短評部分の一行一行を、改行して引用してみる。原文における段落は、さらに一行をあけてみた。

たとえば「キャッチボール」の話。

「ボールが互いのグローブの中でバシッと音を立てる」、あの瞬間。

「どんな素晴らしい会話でも、これほど凝縮したかたい手ごたえを味わうことはできなかったであろう」

「手をはなれたボールが夕焼けの空に弧をえがき、二人の不安な視線のなかをとんでゆくのを見るのは、実に人間的な伝達の比喩である」。

この「実感」の復権が、戦後二〇年の日本人を支えたと。

歴史は「帰る」ことだが、地理は「行く」ことを教える。

ひとりからひとりへとひびく。

その手ごたえが大切だと。

「実感」論は本題の戦後詩論となると、さらに冴えわたる。

どうだろうか。私には、荒川洋治の詩のスタイルそのものに見える。

寺山修司『戦後詩』第二章にある、「私は地理が好きだった」という主張を端的にまとめ、そのことの意味を「実感」であると評し、「歴史」に対して「行く」ことを選ぶのは、そこに「直接の生」があるからだと述べる。まるで、寺山修司が「あたらしいぞわたしは」と言っているようにみえないでもない。いやいや、いつだって「実感」から「あたらしいぞ」は始まったのではなかったか。

寺山修司の言葉の陰で、その身を隠しながらも、正統的で清々しい「感想」をまとめる荒川洋治自身の姿が認められよう。名作を前にして、たじろぐこともない。

寺山修司の『戦後詩』は、もともと「新書」である。一般的に「新書」は入門書というか、専門的な分野について、新しい知識やその見解を解説するものであろう。普通なら、そもそも「詩」とは何か、「戦後」は「詩」にどういう意味を持ったのか、などを論ずるのだろうが、寺山修司は「グーテンベルクの印刷機械の発明」から始め、「肉声の喪失」を論じ、「正確な標準語」をもんだいとして、「標準化できないような個人的な情念」は「にぶい訛り」で語られると主張し、ラングストン・ヒューズの詩「七十五セントのブルース」を掲げる。

どっかへ　走っていく　汽車の
七十五セント　ぶんの　切符をくだせえ
ね　どっかへ　走っていく　汽車の
七十五セント　ぶんの
切符を　くだせえ　ってんだ
どこへいくか　なんて　知っちゃあ
いねえ
ただもう　こっから　はなれてくんだ

もちろん、これは「肉声」ではない。意識的な「詩」であろう。なお、木島始の翻訳だから、まあ、架空の「訛り」ということになる。にもかかわらず、私は、この「詩」から、生々しい「ヒューマンな肉声」を聞く。「はなれていくんだ」と言うしかない、作中の人物がいる「ここ」の悲惨さが見えるようだ。寺山修司の言葉に従うなら、その「太い声の調子、横縞のシャツと鈍く凹んだ眼」の人物が、「肉体全部を記号化するスペクタクル」があると言いたくなる。「彼等の声（ことば）を伴った肉体」を感じるということだ。

寺山修司は、そもそも「詩」とは何かなどという問いを立てることもなく、その歴史を記述することもなく、彼の考える「詩」の具体例を示し、「一九六〇年代は代理人の時代なのだ」と、『戦後詩』の現在を斬るのである。「活字にも頼らず、ことばの標準化にもまきこまれず、いかなる代理人にも頼らず」、自らの「詩」を示せないのか。

壁の前で　鋼の棒が壁と空気とひとを貫くとき　叫ぶのはひとではない
破られる肺　声とともにとびだす喉だ

声はもう戻ってこない
決して戻ってこない

寺山修司は、右のように、黒田喜夫の詩「叫びのまえ」を引用した上で、「これほど綿密に文字を使わねばならないところに私たちの時代の特色がある」とし、「これは、自分の『叫び』

を決して代理人にまかせないための、きびしい制約」だとしている。この困難さを前提として、荒川洋治の最新詩集『真珠』（気争社・二〇二三年九月）を読んでみようと思ったのである。

二　最新詩集『真珠』を読む

身のほどが輝く真珠。

いつ見ても平凡な看板の
昔からのつくりの喫茶店に
平日の四時ころ　常連の
男の老人と　女の老人・ともに小柄、
八〇歳以上・が入ってきて　コーヒーをのみながら
男のほうが　小声で　一方的に話す

これが詩集のタイトル詩「真珠」の冒頭部分である。

その冒頭の一語が私を躓かせる。「身のほど」は、「自分の身分・地位・能力の程度。分際。また身分相応。」と『広辞苑』第五版にある。例文として、「身の程知らず」も掲げられ、「自分の身分や能力をわきまえないこと。また、その人。」と説明されている。

まあ、一般的には「身のほど」は「知らず」につながるのが慣用であり、そこに「歴史」もあるわけだが、荒川洋治は、その「身のほど」を輝かせてしまうのだから驚く。一種の〝ひねり〟であろうか。

その後の本論部分では、男の老人と女の老人の会話が示される。喫茶店での、小声の会話を、作者がそれとなく耳に留めるというスタイル。喋っているのは男の方ばかりだが、同年代の相手がいることが重要なのであろう。

最初は、プロ野球について話だが、「異常なこまやかさ」である。ここも引用したいところだが、長い。話題は、経済、社会、文化に及び、突然、日本社会党委員長のこととなる。

片山哲からだよ、鈴木茂三郎、河上丈太郎、浅沼稲次郎、

さらに佐々木更三（宮城の農村の出だよ）、成田知巳とつづけ

江田三郎はね、委員長代理で終わったんだね、ほら
江田五月のお父さんだよ、中国の人民服の北山愛郎もいたな、
まあ　昔から　絵があった
社会党は数の上ではたいしたことなかったが、愛嬌があったね、
婦人は、何も言わない
中日と西武の区別もつかないくらいだから
こちらが暗に付け足すとしたら三宅島生まれの浅沼稲次郎が
作家田畑修一郎が三宅島に来たとき、かかわったということぐらいで
この老人の静かな知識は
真珠のように輝くのだ
「荒地」同人なら鈴木喜緑、野田理一あたりまでせめこんでくるのではないか
一時間ほどして　二人は帰っていく
二人は　帰っていく　社会をあとにする
何かへ的中していくように

作中の老人は、野球の球団と同じように「日本社会党」を扱い、野球選手と同じように「日本社会党の委員長」のことも「異常なこまやかさ」で語る。「歴史」について話しているようにみえるが、そうでない。老人は同時代における自らの「実感」を語っているのだ。ほとんど新聞やテレビによって得た情報であろうが、まるで呼吸するように味わったので、「静かな知識」となったということであろう。過去の話ではなく、この老人にとっては「直接の生」につながるものであり、現在進行形である。であればこそ、作中の作者は、それが「真珠のように輝くのだ」と「感想」を述べるわけだ。さらに、その老人と張り合うように、作者は田畑修一郎の名をあげ、「荒地」同人の鈴木喜緑や野田理一のことにまで引き合いに出す。

田畑修一郎は、島根県出身の芥川賞候補作家。まあ、普通は〝候補の作家〟まで目は届かない。「荒地」同人も鮎川信夫や田村隆一の他、北村太郎、三好豊一郎、中桐雅夫、黒田三郎あたりまでで、それ以上の名前はなかなか思い出せないものだ。鈴木喜緑は、中江俊夫、吉本隆明と共に、第1回荒地賞の受賞者。野田理一は美術評論家でもあった。

そもそも、私などには「身のほど」という言葉を思い浮かべる術《すべ》もなく、たとえば「小さな思い」や、「庶民」とかを「輝く」につなげるしかなかっただろう。そんな、ごく普通の、平凡な老人でさえ「日本社会党の委員長」を、野球選手のように親しみをもって見ていたのに、その老人が、作者の目の前の、現実の「社会」を後にして去ってしまう。
老人の「実感」が輝くのは、その「身のほど」という〝貝の殻〟があればこそかもしれない。

ひとりの子どもが
母親のお茶のために
その場に
残されることがある
社会主義の影だけがそれを思い出すだろう

ユーゴスラビア連邦共和国が解体して二〇年後のいまも
隣国に向けて　よろよろと
一つの矢が飛ぶように
誰かの硬い傷に向かって
子どもは駆け足になっているように思える
明日も　きょうだからね

いつ見ても平凡な看板の前
母親と子どもは　戦車を降りて
小石のように止まり
真珠のこぼれた
席へ向かう

先の引用に続く部分である。つい、末尾まで引用してしまった。私は、前の引用の「何かに的中していくように」という言葉に躓く。『広辞苑』第五版によれば、「①まとにあたること。命中。②正しくあたること。ぴったりあたること。適中。」とあるが、その「的中」していく「何か」がよく分からない。作者の思いの〝何か〟にヒットしたということだろうか。

右の引用に「一つの矢が飛ぶように」とあるので、「日本社会党」のその後の歩みと「ユーゴスラビア連邦共和国」の解体と重ね合わせているようにみえる。今、「日本社会党の委員長」のことを「実感」をもって語る老人がいるなら、やはり「ユーゴスラビア連邦共和国」の解体においても、同じように「実感」を語る場面が想定できる。一九九一年から始まったユーゴスラビア紛争により、結果的にスロベニア、クロアチア、ボスニア・ヘルツェゴビナ、セルビア、モンテネグロ、北マケドニアに分裂し、コソボもセルビアから独立を宣言しているが、そんな情報よりも、作者が幻視しているのは、社会主義国家が解体してしまった「社会」における母子の像の方である。

分裂した「社会」においても、きっと「実感」をもって語る「老人」がいることだろう。その「老人」があれこれを語った「席」へ、「母親のお茶のために」、「ひとりの子ども」も向かうかもしれない。それは「いつ見ても平凡な看板」の店であることがふさわしいし、「明日もきょうだからね」という何気なさが必要だろう。そうでなければ「戦車を降りて」立ち止まることはできない。作者が幻視しているのは、母も子も「実感」をもって自分自身の言葉を語るために、その「席」に向かう姿ではないだろうか。

三 「地理」的であること

一見、「歴史」的にも思われる幻視が、「地理」的であることを確認するため、詩集『真珠』から、さらに他の詩を引用しておこう。

アフリカの年　一九六〇年からは
カメルーンの独立、ソマリア独立、中央アフリカ独立、
モーリタニア独立、さらにシエラレオネ独立と
小学生新聞は大きく報じ　独立の拍手のさなか
コンゴ共和国パトリス・ルムンバは二か月半で
初代首相の座を追われ、とらえられ、森に捨てられた
ひもは、解けるのに、そのままにして。三五歳の死。
「赤い椿の花」で、
峠を越える乗合バスが
あまりの走行のつらさに
半時間ほど、運転手が小屋で休むので
乗客も静かに森のなかで休憩をとる
「運転手さん、どこの町の生まれですか」
「須崎です。私はまだ働いていますか？」

そこから武者泊、宿毛、土佐清水、須崎の街へと
移っていくのだ（模型は消える）

詩「模型」の、中ほどである。

アフリカで独立が続いた話から、突然、田宮虎彦の小説『赤い椿の花』の一場面へと飛んでいる。アフリカにおける独立の情報は「小学生新聞」により、作者自身の個人的な思い出と、同じ頃に刊行された小説が思い合わされているので、作者の内面では「そういえば」という程度で、「飛ぶ」というつもりはないだろう。一九六一年に、磯村みどりと石浜朗の出演による連続テレビドラマ『赤い椿の花』もあったらしい。あるいは、そのドラマの印象もあったのかもしれない。椿の名所である菅多峠の道は、急勾配で隘路続きであるというのは、右の引用の通りである。作者は今、その場所を『映像散歩』という番組で、上空からたどっているという設定であり、「画面に模型のイラストの可愛い飛行機が／数秒だけあらわれ、『ここですよ』と、／あらわれ」ているというのが、右の引用の少し前に示されていること知っていなければ、読み解けないだろう。「小学生新聞」で読んだことの思い出、小説『赤い椿の花』もしくはドラマ『赤い椿の花』の話、『映像散歩』という番組における視点などが重層的に記述されているわけだ。

作者の幻視が「地理」的であるという例として引用したのだが、考えてみれば、「今さら」な指摘だろう。

キルギスの草原に立つひとよ
君のありかは美しくとも
再び　ひとよ
単に
君の死は高低だ

わたしは君を
地図のうえに視ている
ときおりわたしのてのひらに
錐《きり》のように夕日が落ち
すべてがたしかめられるだけだ

第一詩集『娼婦論』(一九七一年)の冒頭にある詩「キルギス錐情」末尾部分である。荒川洋治は、はじめから「地理」派であったのだった。今頃になって、まるで寺山修司の『戦後詩』にあるように、荒川洋治も「実感」を求めていたのかもしれないと思い至った。

寺山修司は『戦後詩』で語ったように、自ら〈詩〉を実作できなかった。その短歌や劇作ほどには、その〈詩〉そのものを展開できていない。戦後、現実に対して何の抵抗もできなかった〈詩〉への反省から、内面の「実感」を思弁的な方法で描き出す〝メタファー詩〟が大きな広がりを見せたものの、六〇年代後半の〝政治の季節〟の終わりとともに、一九七一年、まさに荒川洋治が登場するのである。もっとも、その荒川洋治の登場の意味を、本当の意味で、私たちが知り始めるのは、一九七五年の詩集『水駅《すいえき》』ではなく、一九七九年の詩集『あたらしいぞわたしは』あたりからではなかったか。

第一詩集『娼婦論』や第二詩集『水駅』も、そのメタファーが前面に出されていたので、それが本当は、かつて寺山修司が思い描いた「実感」を示すためのものだと見抜いた人の方が少なかったように思う。荒川洋治の「あたらしいぞ」という、そのどこが新しかったのか、どれほどの人が分かっていただろうか。

その「実感」こそが大切なのだという意味では、明治期の正岡子規の「写生」という考えに近いかもしれない。ただ、先に引用した詩「真珠」や「模型」のように、自らの「感想」を、まるで折り紙でも折るように重ね合わせたと考えれば、むしろ、詩を文学一般から分け隔てなく捉えようとしているのかもしれない。実は、それも正岡子規の方法である。

加藤周一『日本文学史序説』下（筑摩書房・一九八〇年四月）では、正岡子規について次のように論じている。

《子規の文学的功績は、俳句や和歌を素材にして、明治の文壇に文芸批評の形式を創りだしたことである。

「俳句は文学の一部なり。文学は美術の一部なり。故に美の標準は文学の標準なり。文学の標準は俳句の標準なり」（『俳諧大要』、『日本』連載、一八九五）。

これは俳句評価の基準を、他の形式による文学の評価の基準から、全く独立に扱ってきた俳人の習慣を、根本的に否定した独創的考えである。同じ考え方は、和歌についての議論にもみられる。

「此処にては古今東西に通ずる文学の標準（自ら斯く信じ居る標準なり）を以て文学を論評する者に有之候」（「六たび歌よみに与ふる書」、『日本』、一八九八）。

そのような俳句または和歌の文学としての評価は、俳壇または歌壇の伝統的権威に対する挑戦を通じてしか実現され得なかったはずである。》

正岡子規の「写生」論によって、人々がどれほど「実感」を大切にしたのか論ずべきかもしれない。だが、それ以上に、子規の文芸批評も革新的であった。これは、ものの見方そのものを自らの手に取り戻そうということでもあろう。

少し話題がそれるが、伝統的な文学形式は、その積み重ねによって、いつしか「実感」から離れてしまうものだ。その実例として一つ文章を引いておく。井上ひさしが堀田善衛『定家明月記私抄』に触れたものである。

《たとえば筆者（井上ひさし——引用者）は今でも、

《個人の実情、実感とは切れているのであるから（そういうところで詩歌の制作を強いられるのだから）、詩歌が人工的、工芸的になって行くのは当然である。》

という（堀田善衛が述べる——引用者）数行を忘れることができない。なにしろひどい世の中である。花鳥風月の実感などどこにもありはしない。つまり実感では歌は詠《よ》めぬ。いきおい歌は過去の蓄積を生かすか（本歌取り）、人工の極致へ向うかしかない。定家はこの双方に足をふまえつつ、《官能と観念を交差させ、匂い、光、音、色などのどれがどれと見分けがたいまでの、いわば混迷と幻想性とが曖昧模糊として、しかも艶やかな極小星雲を形成》したという指摘は、いわゆる〝新古今調の和歌〟に対する、これまでになされた最高の注釈のひとつだった。》（井上ひさし「二人の筆ノ人に感謝する」／初出「波」一九八八年四月号）

藤原定家は「艶やかな極小星雲」を創り出すことが出来たが、そういう才能がなければ、枯れはてた理屈だけの作品を量産するしかなかっただろう。一般的に言えば、「実感」こそが必要であり、つまらぬ「理性」ではなく、「想像力」がなければ、「実感」へ向かうことができない。まるで定家の歌のように、思弁的な〝メタファー詩〟が「実感」を得ていた戦後期もあったが、そのメタファーが「現実」と大きく乖離してしまった頃に、荒川洋治が現れたとも言えそうだ。彼の初期の二詩集は、見た目だけなら、〝メタファー詩〟そのもののようにみえる。ところが、そこで展開されている喩はメタファーというよりも、孤立した言葉そのものが「現実」を求める姿であり、逆に幻視する姿であったようにみえる。

四　七〇年代前半の、つかこうへいの登場

おおざっぱに言ってよければ、「現実」的に有効でない言葉を、自らの「内面」において、思弁的な方法でとらえ直すしかなかった「実感」が戦後詩にはあった。寺山修司『戦後詩』を読んでいると、その思弁的な方法に対する違和感があちらこちらに見受けられる。もっと直接的に「実感」を示すことができないのか、という疑いでもあろう。もちろん、寺山修司自身の短歌にしても劇作にしても、その人工的、工芸的な度合いがはなはだしい。まして、その〈詩〉形式では何らの達成も得ていない。むしろ、戦後詩が持っていた「内面」における「実感」を撃ってばかりいた。その「実感」というものが、その思弁的な方法に比べて何と薄っぺらであることかと、寺山修司は嗤っていたのかもしれない。

たとえば劇作において、寺山修司や唐十郎の時代までは、その「実感」を嗤うにしても、彼ら自身の実質的な「実感」もまちがいなくあったように思う。ところが、その実質を軽々と乗り越え、その形式のみを前面に立てて劇作をし、その形式そのものが「実感」を求めるという作品を描いたのが、つかこうへいの登場ではなかったか。

七〇年代の前半に、つかこうへい作の劇『郵便屋さんちょっと』を初めて見た時の驚きを、私は今でも忘れることができない。寺山修司の芝居のきらびやかもなく、唐十郎の芝居のまがまがしさもなく、軽やかでありながら、その芝居の形式が激しく「実感」を求めていたのがよく分かったのである。ただ郵便を配達するだけの郵便局員の「実存」はどこにあるのか、という問いは、〝政治の季節〟が終わり、求めるべき「実感」を失っていた、その当時の思いそのものであった。つかこうへいの代表作『熱海殺人事件』は、刑事たちが寄ってたかって、一人の容疑者を〝立派な殺人犯〟に仕立てあげるまでの話だ。まるで、芝居で演出家が役者に演技をつけるように、主人公は幕切れで自ら〝殺人犯〟としての「実感」を得るのである。寺山修司や唐十郎の場合は、たとえば新劇における「実感」を嗤うにしても、自らの「内面」においても、二重三重に折りたたまれた「実感」を持っていた。ところが、つかこうへいはその劇作の先に「実感」を求めたのである。その発想が、逆であることに驚いたわけだ。

余分な話をしたのは、荒川洋治の〈喩〉の在り方も、つかこうへいの劇作とよく似ているようにみえてならないからだ。同時代性というものであろうか。

自らの「実感」に基づいて詩作を試みるというより、「実感」を求めて詩作するので、その作品の先の、向こう側に、どうにも言葉にならない「実感」が広がるという書きぶりなのである。

最新詩集『真珠』に戻ろう。

川に沿った道路を
母に連れられた五歳くらいの女の子が
少し離れた石橋を歩く
女の子の姿を見て
「あ、小学生だ！」と。

ランドセルの女の子は
そのとき顔がひろがるようにして
少し高い世界を歩きかける
ように見えた

詩「裁断橋」前半の二連である。特にどうだという内容ではない。川沿いの道を歩く五歳の女の子が、不意に、石橋の上を歩いているランドセルの女の子をみとめ、「あ、小学生だ！」

と母親に告げる。石橋は、周囲に比べて高い位置にあるのだろう。五歳の女の子は、来年は自分も小学生になるので、未来の自分を見るようでもあったのかもしれない。一連目は事実を伝えるだけだが、二連目は、いささか解説風である。その年上の、ランドセルの女の子の方は、石橋の上にいるので、より多くのものをみわたすように「顔がひろがる」し、「少し高い世界」を歩きかけている「ように見えた」というわけだ。つまり、そのように作者が想像しているようにみえる。もちろん、五歳の女の子が「内面」でそう思ったと考えてもいいが、「ように見えた」というのは大人の眼ではないか。

知られることのないおりにも
道周はかがやく
あたりは風船のようにふくらみ
そこに地上の世界がなくても
そろいの衣裳を見せているものだ

歩みをつづけて

靴が番地にしみるところで
年上の女の子は　ふと振り返る
わびしくもなく
何も成しとげることの
なかったときの
偉人の顔だ

同じく、詩「裁断橋」後半の二連である。前半の二連の展開に比べて、転換が大きすぎて、びっくりする。荒川洋治の作品ではよくあることで、逆に言えば、この〝ひねり〟にこそ〈詩〉があるというべきか。

たとえば、起承転結ということで、この三連目を考えると、女の子の話から離れ、作者自身が何事かを語ろうとしているようにみえる。であれば、第二連の「ように見えた」は五歳の女の子の「内面」と考えた方が〝ひねり〟がより明確になるのかもしれない。

いやいや、話は逆か。

詩の題名が「裁断橋」であることの意味を、ここで問うべきだろう。「裁断橋」についての「感想」

が先にあり、その思いが、二人の女の子を登場させ、その一人を復元させた「石橋」を歩かせたのではないか。「裁断橋」というのは、名古屋市熱田区にあった橋だという。もともとは精進川に架けられた橋で、残された擬宝珠に彫られた銘文には、天正十八年（一五九〇年）に小田原征伐で亡くなった、十八歳の堀尾金助の菩提を弔うべく、息子を見送った橋の架け替えをおこなった由の説明があるらしい。もっとも、橋の架け替え前に母親が亡くなったとか、その堀尾金助が戦死なのか病死なのかも明らかでないし、銘文にあることを裏付ける資料もないので、単なる伝承であり、後世の創作だという説もあるようだ。

にもかかわらず、その橋は可能性を秘めている。事実がどうであれ、数多くの若者が旅立ち、不安を抱きながらも、どこかで倒れた、その不遇を隠している。結果的に何事もなさず、何者にもなれず、ただむなしく亡くなり、母親を嘆き悲しませるしかなかったにせよ、忘れられない橋であろう。「石橋」として復元された、その橋が公園にあるようだ。いや、先に保田與重郎『日本の橋』（一九三六年）を引き合いに出すべきであったか。

第三連の「道周」は、通り道であり、みちびくことそのものを意味している。その「道周」が「知られることのないおりにも」、「かがやく」というのは、誰でもが、そんな風に未来に向けて歩き始めたときに、「あたりは風船のようにふくらみ」、可能性に充ち満ちた思いをするのではないか、と作者の想像力が広がったのか。

橋の上の、ランドセルの女の子の姿は、五歳の女の子にとって未来の自分自身の姿であり、それこそ「そろいの衣裳」を頭に思い描いているかもしれない。ただそれだけのことなら他愛ないことだが、それが「裁断橋」の上のことなら、そこに悲劇性もあり、劇的にもなる。「裁断橋」は、母親が子と別れた橋である。その子は特に何をなしたということはないようだ。ただ、母親の悲しみと、未来が途絶えてしまう子の最後の姿が残されただけだ。第三連こそが、作者の解説なのかもしれない。

第四連では、視点がランドセルの女の子へと移っている。橋を渡り終え、番地も変わったところで、その年上の女の子は振り返る。何事かを成しとげたような「わびしさもなく」、淡々としている。この末尾の四行が凄い。

通俗な比喩しか思い浮かばないのだが、たとえば、ヒット曲である『神田川』という唄の「ただ、あなたのやさしさが怖かった」というような、表現の転倒が〝冴えて〟いるように思う。

普通なら、「偉人」は何かを「成しとげる」人物であり、偉大な人、すぐれた人を指す言葉である。とは言え、五歳の女の子からすれば、ランドセルの女の子は、もう既に何事かを「成しとげる」ことのあった人物であろうし、「裁断橋」の堀尾金助も、母親からすれば、未来の可能性だけを秘めた最後の姿だから、それこそ「何も成しとげることの／なかったときの／偉人の顔」であったかもしれない。

　上手いものだ。この詩「裁断橋」末尾の三行だけでも、ドラマを孕んでいる。何も「偉人」でなくとも、本当は、私たちの日々も、多くのことを「成しとげる」ことばかりではないか、という「共感」のようにも読める。

　もしも、このことを理屈で語ろうとしたら、つまらぬ教訓のようにしかみえないだろう。ヒット曲『神田川』の「ただ、あなたのやさしさが怖かった」という歌詞にしても、恋人の「やさしさ」が、若い女性にとって「怖かった」というほどの喜びと、それ以上に、それが永遠に続くことなどないと知っている恐れというか、リアルな認識などについて語るより、この歌詞が一瞬の内に、私たちの心をつらぬく、言葉の〝冴え〟に驚くべきだ。

　もう一つ、注意しておきたいのは、作者が「偉人」よりも普通の人々の、普通の感情をこそ大切にしているのではないか、ということである。それは、先ほど例にあげた、つかこうへいの劇作品などとも重なる。つかこうへいの劇作の先にある〝劇的〟な「実感」は、寺山修司や唐十郎の劇作にあるような、何とも華々しい〝劇的〟なものではなく、おそらくは誰でもが持っている、ごく普通の「感想」でしかない。そういうものに対する「共感」であろう。にもかかわらず、それが凄いのは、そこに表現の転倒の〝冴え〟があるからではないか。ごく普通の言葉が、特別な力を発揮するのは、その時である。

五　コピーライター・糸井重里の仕事

詩「裁断橋」末尾の三行には、特別な言葉はない。人目を惹くような比喩もない。さりげない〝ひねり〟というか、表現の転倒があるだけである。一見すると、それが〝冴え〟ているかどうかさえ分からない。その凄さの意味は、たとえば、コピーライターの糸井重里の仕事を思い浮かべるといいかもしれない。

《糸井（糸井重里——引用者）とはじめて会ったのは、SEIBU百貨店での私（山藤章二——引用者）の展覧会のパーティーの会場でした。一枚のパネルをもっていました。

「これ、出来上がったばかりの、来年のSEIBUのポスター。新聞広告や車内吊りにも展開するんだけど、ちょっと面白いですよ……」

一枚の写真でした。和服を着て、床の間の前に正座した俳優のウディ・アレンが書き初めをしているのです。その書は「おいしい生活」――

見るからにヘタクソな字です。外国人だからやむを得ない、とは思いつつ、一年間のSEIBUの記号的な作品だからもう少しマシな作品の方がいいのに。「ヘタだね」と正直に感想を言いました。すると糸井は、「でしょ。でもこれがウマかったら面白くもなんともない、普通の広告写真になっちゃうんですよ。これがヘタだから大衆の心にひっかかる」と自信に満ちた返事を返してきた。》

山藤章二『ヘタウマ文化論』（岩波新書・二〇一三年二月）の一節である。後に有名となった「おいしい生活」というコピーだが、一九八二年から翌年まで使われた西武百貨店の広告である。つまり、一九八一年の話ということになり、山藤章二は、糸井重里の言葉は「説得力があった」と振り返っている一方、年間何百億円もかける一大広告戦略だから、百貨店側のスタッフに対して、糸井重里がプレゼンテーションの場で、熱い説得をする声まで「聞こえてきそうな錯覚」に山藤章二は陥っている。

表現技術というのは、放っておくと、それじたいで複雑化し、高度になってしまうものだ。普通の人の「実感」から離れてしまう。たぶん、「ヘタウマ」などという文化は、その反作用として始まったのであろうし、正岡子規の「写生」にしても、当初はそういうものとしてあったのではないだろうか。

もちろん、「おいしい生活」というコピーそのものも、時代の中で大きな意味を持った。「生活」が「おいしい」と言えば、それまでは「手を抜いて得をする」というようなマイナスのイメージがあったのである。上手いことやったという意味だ。「生活」は苦しいというのが大衆的な認識であり、そういう社会で「おいしい」思いをしているとしたら犯罪者か、何らかの利権を持った人や、大金持ちしか考えられまい。

ところが、経済的な成長は、消費生活を都会的で洗練されたものへ、あらゆる場面での豊かな生活を提案するコピーによって見事に転換されたのである。まさに、誰でもが「生活」を「おいしい」とすることに抵抗感がなくなるほど、その「おいしい生活」というコピーが街中に溢れたわけだ。「おいしい」も「生活」も普通過ぎる言葉であり、今となっては、その二つの言葉をつなげる、ちょっとした違和感さえ感じないくらいになっている。

さらに、それがヘタな字で書かれている。外国の人が書いているのだから仕方ないという言い訳まで用意し、本来あったはずの違和感を隠し、誰もが消費生活を楽しめるという幻想を与えたのだろう。

先の「何も成しとげることの／なかったときの／偉人の顔だ」という、表現の転換の〝冴え〟も同様であり、その違和感を隠すように、五歳の女の子とランドセルの女の子の話が「ヘタウマ」な役割をはたしながら、作品全体の先にある「裁断橋」のエピソードに秘められた「実感」を示している。名も無き、普通の人々の思いに寄り添う。

あの〝メタファー詩〟の終末期に現れながら、荒川洋治が、そこからガラリと作風を変えた時、私はそれを〈喩〉の〝高み〟から〝低み〟へというように考えていたが、「ヘタウマ」と呼ぶべきだったかもしれない。〈喩〉そのものの力に頼らず、普通の言葉を何らかの力を発揮させようとすれば、「ヘタウマ」を装いながら、言葉に〝捻り〟を与えるしかないかもしれない。

山藤章二『ヘタウマ文化論』の中で、川村要助、湯村輝彦、安西水丸、渡辺和博といったイラストレーターの作品について次のように驚いている。

《並んだ絵はみんな「ヘタ」なのです。でも「新しい」のです。

「乱暴」なのです。でも「繊細」なのです。

「簡単」なのです。でも「明快」なのです。》

いくらでもウマく描けるのだが、わざと「ヘタ」に見えるようにしているわけだ。顔見知りのイラストレーターは「一過性の現象で終わるかも」と言ったようだが、山藤章二は、その「ヘタウマ」という言葉が心に残る。


《……私（山藤章二――引用者）の胸中、五官にはヘタウマという言葉がくっきりと刻まれた。

「ヘタ」を甘く見てはいけない。

「ヘタ」の持っている生命力。「ヘタ」の親近感。

「ヘタ」のメッセージ力。「ヘタ」の抱擁力。

「ヘタ」の鞭毛性《べんもう》（ある種の生命体が持っているからみついて離れない機能）。》

結局のところ、『ヘタウマ文化論』という一冊の本まで書き、山藤章二自身が「ヘタウマ」に出会った時代だけでなく、「成熟の果てはバロック（亜種・変種）を求める」という一般論に及び、江戸時代からの文化論、マンガや落語、文学やメディアまで自在に論じている。

見ておかなければならないのは、「ヘタ」の先にある、「新しい」であり、「繊細」や「明快」、「親近感」や「抱擁力」であろう。

先の詩「裁断橋」で言えば、五歳の女の子とランドセルの女の子の話題の先にある「裁断橋」のエピソードである。その底に隠されている、名も無き人々の悲しみこそ感じなければならない。

六　知らない人は誘われ、知っている者は思いを深くする

詩集『北山十八間戸』(二〇一六年)の、タイトル詩「北山十八間戸」は、鎌倉時代に奈良でつくられたハンセン病などの重傷患者を保護した施設だったそうだ。戦後の一時期、同施設は空襲の被災者や大陸から引き揚げた人々が住んだともいう。

詩集『真珠』でも、詩「野塩西原」で扱われる「悲田処」は、平安時代初期に武蔵野国多摩郡と入間郡との境に設けられた布施屋のことで、飢えや病いで苦しんだ旅人の一時的な救護所であり、現在でも所沢にある悲田処公園に名をとどめている。もっとも、そこはただ伝承の地

であるだけらしいが、逆に言えば、人々の思いがそういう場所を求めている点で、「裁断橋」のエピソードとよく似ている。

いずれの場合も、特定の「実感」に基づいて作品が成立しているのではなく、作品そのものが、何かの「実感」へ向かわせるように組み立てられているということである。いや、名も無き人々の、個別の「実感」を求めるところにしか作品は成立しないとでも思っているようではないか。

分室では名前の付いたハンカチで介抱された
官服がぬがされていく

一〇月二七日は秋の運動会
秋晴れのさわやかな朝
霧社事件が起きる朝だ
その血がどこから来たのかは
二度目のドアでもわからない

大型スーパーの前に「生鮮の店」という小店
スーパーで買うのはやっかいという人は
そこでたいていのものを
秋の店員は数も少ない
隣町のような静けさもある
下の子の運動会だけど親戚の用事で
埔里を通って　花蓮の町まで
山をこえて行ってくる
と聞き
にわかに呼吸が激しくなった

詩集『真珠』所収の詩「草原にしあれば」の冒頭部分である。さりげなく「霧社事件《むしゃじけん》」という言葉があるだけで、その事件そのものには、ほとんど触れていない。「一〇月二七日は秋の運動会」という些末なことしか示さないものの、次の行に「その血」とあるので、何かまがまがしいことが起きたのであろうと推測できるし、次の連には、「埔里」や「花蓮」という地名もあるので、場所の特定も可能となろう。

そのように「霧社事件」を知らない人は誘われ、それを知っている者も思いを深くする。私は五味川純平の小説『戦争と人間』(三一書房・一九六五年~一九八二年)全18巻を読んだ時に驚いた。荒川洋治が、ことさらに事件の起きた日の細部だけに触れ、それを一九三〇年(昭和五年)のことというように歴史的な意図をもたないことに注意すべきだろう。詩「真珠」で、歴代の日本社会党の委員長名を並べたり、ユーゴスラビア連邦共和国が解体して「二十年後」とは述べるものの、それが何年であったかとは書いていないことと同じである。「実感」の方が重要であればこそ、具体的な日時や、その日が「運動会」であった方が意味を持つのである。

その「霧社事件」の「社」は、日本の台湾統治下において、原住民族のグループが共同生活する集落であるようだ。その日、台湾の先住民族セデック六集落三百余名が決起し、「霧社」で日本人百三十人を殺害する。そこには花岡一郎と花岡二郎という名を与えられたセデック族の警察官もいたが、自決ということになっている。詩「草原にしあれば」の第一連にある「官服」は警察官の服であるように読めるし、「名前の付いたハンカチ」の名前も、与えられた日本名ではないか。

いやいや、そういう暗示だけで、後は読者に任せているところが大切なのである。荒川洋治は、この作品でも、他の作品においても何かの考えを述べたり、ある判断をしようとしたり、ましてや教訓的なことを言おうしているわけではない。ただ、無名の人々の「実感」だけに向かっている。

もしも「霧社事件」そのものを題材にして作品を書こうとするなら、いくらでも叙事詩的にしてみせることもできるだろうが、そういう作品と詩「草原にしあれば」は真逆のものだと考えるべきであろう。私がことさらに「ヘタウマ」という用語を使いたくなったのも、こういう歴史的な題材を扱うと、すぐに話が逸れて、ことがらの事実認定そのものから、そこに絡みつく功罪などへ向かってしまうからだ。

詩「草原にしあれば」第三連の、「スーパーで買うのはやっかいという人」が、「『生鮮の店』という小店」で「たいていのものを」買うというエピソードが意味を持つのは、たぶん歴史的なあれこれより、日々の「実感」の方が大事なのだ、という〈喩〉のように、私には見える。「大型スーパー」と「小店」との対比は、日本と統治下の「社」であるかもしれないが、もんだいは、ここに「大型スーパー」と「小店」とを、もんだいを矮小化するように、それこそ「ヘタウマ」に描いてみせてくれているところである。

一二〇五年のある秋の日
青年フランチェスコは足早に
プーリア地方の戦地に向かっていたが
急に向きを変え
さらに正直な戦争を求める
急に
引き返し点となったスポレートの地点には
ぞっとするほどには地理的な特徴はない
草原にしあれば

途中　丈の長い　ぼろの被いをまとい
やたらと腰にくっつけた鍋や　汚れた皿が
楽器のようにガラガラと鳴る五人の男に
出会い　その溶けていく身体を見て

少したためらったあと抱きしめる
顔面をこすりあい強く鉄分を抱きしめる
隣町の人を抱きとめることとどこかちがうが
秋も深まると記憶についての直轄地を失う
二人ずつ抱くと一人が余る

トマト、きゅうり、ちょっとしたお菓子などは
小店の入口に出されていて
店員がときおり面をかぶり
子どもが書く詩を咥えるように並べかえる
新しいものは奥にかくし
古い日付から手にとられて売れていき　店員は見えない

詩「草原にしあれば」の、先の引用に続く部分である。長い作品で、この後も続いている。引用の中で「草原にしあれば」とある通り、このフランチェスコのエピソードの方が中心的な

題材なのである。先ほどの、私の言葉とは矛盾するようだが、一二〇五年と歴史的な年代がまず示されるものの、やはり「実感」そのものが求められていることは明らかであろう。

このフランチェスコがどういう人物であろうとも、「溶けていく身体」を「少したためらったあと抱きしめる」というところで、何か超えがたいものに向き合う「実感」だけは分かろうというものだ。このフランチェスコを知らない人は、どういう人物であろうかと、いざなわれる。

私がこのフランチェスコを知っているのは、映画『フランチェスコ』(リアーナ・カヴァーニ監督・一九八九年)を観たことあるからである。まだ美青年だった頃のミッキー・ロークが主演した作品である。

一二〇五年、フランチェスコは、イタリア半島南部のプーリア地方に出征する騎士に同行していた。ところが、アッシジ近郊のスポレートで、突然、フランチェスコは引き返す。〝神の声〟を聞いたのである。ハンセン病患者に近づいて抱きしめるという行為がなされたのは、そのためであった。

その時の、フランチェスコの「実感」がどういうものであったのか、という問いが、ここに隠されているようであることが一つ、さらに、その場所に「地理的な特徴はない」ことが、もう一つのポイントであろう。「草原にしあれば」、「地理的な特徴はない」わけである。

引用した最後の連では、再び「小店」が顔を出している。話題が重くなりそうなところで、息をつかせてくれる。ちょっとした日常的な感覚を失わないような気づかいでもあろう。そんな思いを「ヘタウマ」だ、と私は感じたわけだ。重い主題や、生真面目な議論から、「実感」などは、あっと言う間に消えてしまうものだから。

七　再び、寺山修司のこと

そもそも、寺山修司の「実感」から話を始めたのだが、彼は「実感」を求めはしたけれど、寺山自身は自らの作品でそれを実現することはできなかった。劇作で言えば、寺山修司や唐十郎の全盛期後の、つかこうへいの作品が、それこそ「ヘタウマ」というように、それを実作として実現したようにみえる。

荒川洋治も、つかこうへいの登場の時期に前後して、その作風を明確にしたことの意味は大きい。つかこうへいは一九四八年四月生まれであり、荒川洋治は一九四九年四月生まれである。

劇作で言っておけば、寺山修司（一九三五年生）の明度の高い劇作と、唐十郎（一九四〇年生）の暗部をこそ求める劇作とは対照的であるが、つかこうへいの、いわば「ヘタウマ」とでもいうべき劇作と比べると、何とも重い主題や生真面目な議論が扱われている点で同質である。もっとも、つかこうへい自身は別役実（一九三七年生）の劇作品を、自らの先行世代と意識していたと思われるが、同じことであろう。黒テントの佐藤信（一九三六年生）にせよ、清水邦夫（一九三六年生）にせよ、早稲田小劇場の鈴木忠志（一九三九年生）にせよ、それぞれの独特な作風を持っているが、つかこうへいの「ヘタウマ」とは決定的に違う。同様に、荒川洋治の詩作も先行世代のものとは決定的に違っている。

この文章を書きながら、自分自身が〈詩〉について考える時、いつでも最初に寺山修司のことが頭に浮かんでしまうのが、どうしてなのか、不意に思い当たった。私が中学生か、高校生の頃、学習雑誌で投稿詩の選者をしていたのが寺山修司であったことを、今さらながら思い出したのである。いや、この言い方はあまり正確ではない。寺山修司が選者として選ぶ投稿詩と、彼自身の詩作品との違いが、違和感として私自身の心の底に残り続けていたことに初めて気づいたと言ったらいいだろうか。

記憶だけで書くのだが、寺山修司が取り上げた投稿詩は、いずれも内面の「実感」を作品化したような、生々しさと、おどろおどろしさが混ざりあったものであったように思う。もちろん、それらの投稿詩はやがて虚構性を増し、寺山修司のエピゴーネンというか、小・寺山修司のようなものになっていったが、それにしても、寺山修司自身の明度が高く、虚構性強い作品とは、微妙な点で、別ものであるように感じられた。

寺山修司は、俳句とか短歌とか、始めから形式がある表現形式に取り組むことは出来たものの、〈詩〉作品においてそれが出来なかったということが、今なら私にもよく分かる。「実感」がなくとも、俳句や短歌なら作ることが出来るなどというと、俳人や歌人に叱られることだろう。ただ、寺山修司の俳句や短歌はそんな風に出来ている。むしろ、「実感」へ向けて作品が試みられていることが、作品に一種の切迫性を与えているのではないだろうか。

その意味で、見かけだけは、同時代の戦後詩と見間違えるほどだと言っていい。また、同時に、寺山修司『戦後詩――ユリシーズの不在』で「実感」を求めた思いの強さもよく理解できる。寺山修司は現代詩においても、「実感」を求め、様々に試みたものの、いかなる意味でもそのスタイルを定着することが出来なかった。流行歌の歌詞や、それに類する詩篇を〈詩〉だと認めるなら、それだけのことだ。わざわざ「未刊詩集　ロング・グッドバイ」などとするしかなかった詩篇が残されたのは、寺山修司にとっての戦後詩も、現代詩もついに書かれることがなかったことを、逆に明かしているのではないか。

誤解して欲しくないが、私は寺山修司を貶めようとしているのではない。寺山修司がその短歌や劇作などで示した天才性が、なぜ〈詩〉作にまで及ばなかったかを残念に思っているのである。

その「未刊詩集　ロング・グッドバイ」の様々な試みに敬意をもたないわけではない。たとえば、詩「野球少年の憂鬱」における「ストライクゾーンを記述する試み」などに可能性を感じないわけではないが、その果てに「たぶん、老年になったら、わたしはじぶんのストライクゾーンを犬小屋のようにして、中に入って眠るだろう。そして、耳すましながら、いつかきっと訪れてくるボールのうなりを待ちつづけてやるのだ。」とし、何かの〈喩〉というより、警句というか、教訓的なものになってしまうのを惜しむのである。老年になっても、「ストライクゾーン」の中で、「ボールのうなり」を待ちつづける思いが分からないではない。たぶん、イメージの明度が高過ぎて、個々の「実感」を孕みようがないのだ。

血があつい鉄道ならば
走りぬけてゆく汽車はいつかは心臓を通るだろう
同じ時代の誰かが

地を穿つさびしいひびきを後にして
私はクリフォード・ブラウンの旅行案内の最後のページをめくる男だ
合言葉は　A列車で行こう　だ
そうだ　A列車で行こう
それがだめなら走って行こう

詩「ロング・グッドバイ」冒頭の第一連である。

クリフォード・ブラウンはジャズ・トランペット奏者。二十五歳で交通事故により急逝している。「A列車で行こう」はジャズのスタンダード・ナンバーであり、地下鉄で、ブルックリン東地区からハーレムを経てマンハッタン北部へ向かうA系統の列車のことらしい。ハーレムへ行くなら「お乗りなさい」ということのようだ。クリフォード・ブラウンが死の前年に吹き込んだアルバム「STUDY IN BROWN」のラストに、この「A列車で行こう」が入っていたかと思う。夭折したジャズ・トランペット奏者に対す愛惜と、先の詩「野球少年の憂鬱」にあった「いつかきっと訪れてくるボールのうなり」と同じように、その瞬間を待ち望む思いが切ない。

ただ、それが他者に対しての呼びかけである分だけ、アジテーションにもなり、警句というか、教訓的にも見えてしまう。

荒川洋治はプーシキン『オネーギン』に触れた文章（『文庫の読書』所収）で、その主題とは無関係に「詩は、文脈が不分明。散文で訳したときには失われる「もや」のようなものがたちこめる」と漏らしている。たぶん、「実感」にも「『もや』のようなものがたちこめる」のではないか。

なかなか言葉にならないものの、ちょっとしたことで、「ああ、それだ」と「実感」する。「実感」したとしても、それを説明してみようとすると、するりと、肝心なものを逃してしまう。

寺山修司の短歌や劇作の明度の高さや、虚構性の強さは、それゆえ逆に「実感」を孕むのであろう。まさに劇的と言える。

それに比べて、すぐれた〈詩〉の場合は、心が囚われるようなフレーズに出会うとしても、その作品全体は、いつまでも「『もや』のようなものがたちこめる」ままであり、くりかえし、そのフレーズを取り出してみて、分かった気になる場合もあるものの、再び、その『もや』のようなもの」へと返すしかないのではないだろうか。

そうだ、「実感」によって書かれた〈詩〉も、「実感」を求め、それを孕むことが出来た〈詩〉にしても、その「『もや』のようなもの」を作品が持たなければならないのではないだろうか。

八　自分だけのために占有するのではない

こうして荒川洋治について、あれこれ書こうとしながら、自分の言葉が「適切な記述」にならないことにイライラしている。荒川洋治は伊藤整の『日本文壇史』に触れた文章で、「批評は重いことばで書かれる必要はない。適切な記述こそが重みをもつのだ。」と述べているが、彼のように自らの言葉で語るだけの能力が私にはないので、誰かの言葉を持ち出してしまうことになる。荒川洋治が指摘する「もや」とは、マックス・ピカートの「沈黙」と、どこか似ているようにも見える。

《偉大な詩人は、言葉でもって対象を完全に占領してしまうようなことはしない。彼は対象に或る種の空間をのこしておく。だから、その空間のなかへ、彼以外の或る者、人間より高い者が、対象にむかって一つの言葉を語りかけることが出来るのである。彼はこの彼以外の或るものをもその対象に関与せしめるのである。勿論、彼は言葉でもって対象を呼びよせはする、しかし、彼は対象を完全に自分だけのために占有するのではない。だから、そのような詩は決して硬直することなく、何時なんどきでも或る他者の――より高き者の――所有に帰することが出来るように、軽やかなのである。》(佐野利勝＝訳)

マックス・ピカート『沈黙の世界』(みすず書房・一九六四年二月)の「詩と沈黙」から引用した。マックス・ピカート(1888～1965)はスイスの医師であり、哲学的な著述を続けた人である。

言うまでもなく、「沈黙」と「もや」は無縁なものだが、荒川洋治が「もや」という言葉で自らの無意識をとらえようとしていることと、ピカートが宗教的に理性ではとらえられないものに手を伸ばしていることが、どこか似ているように思えたのである。表現というものが、意識の果てで、無意識の自分の資質とでもいうものに出会うしかないと考えるなら、そこに「もや」が立ち込めているかもしれないし、それこそ「沈黙」とでも呼ぶしかない「空間」を用意しなければならない。

たぶん、作品における、その「沈黙」の「空間」の大きさや、その「もや」の状態の違いが、読み方に大きな影響を与えるのではないだろうか。

もしも、ある作品に「沈黙」の「空間」もなく、「もや」が立ち込めることもないならば、まるで何かの教科書のように、ただ事実や手続きだけが述べられたものになるしかない。そこに書かれていることが分かってしまえば、二度と顧みられることもなくなるだろう。

卒業とともに、教科書や学習参考書だけでなく、辞書までが捨てられている光景を何度も見たことがある。つまり、それらを読む側にも、「沈黙」の「空間」もなく、「もや」が立ち込めることもないなら、どんな言語表現であれ、ただ事実や手続きを示すものとなってしまう。辞書を引くことが、どれほどの可能性を秘めているかも知らないで、調べるというより検索しかしない人は、本（書物）という形式に無縁な人なのだ。学習参考書さえ、名著というべきものがあったものだが、最近はどうなのだろうか。

勉強法もそうだが、〈詩〉の読み方にしても、本当は定式などというものはない。いや、逆に言えば、そういうように思わせてくれる作品こそが、私たちを読むことに誘うのではないだろうか。

その意味で、荒川洋治の〈詩〉作品が分かったなどと思ったことは一度もない。詩集『真珠』のほとんどの作品も、それこそ「もや」の中をさまよう感じである。そもそも、この文章を平明に書くことが出来ないことから、私の読解力もたかがしれているというべきだろう。

とは言え、ときに、荒川洋治のちょっとした言葉で、彼の詩の構造について考えてみたくなってしまう。

《高見順を追悼する会で、話を頼まれた。町の小さな図書館で話した。そのときの写真が残っている。高校生が、えらそうに話をするとはきいたこともない。でも、この経験はよかった。詩について話をするというのは、とてもむずかしい。きいている人の前で、詩の一節を紹介し、そのあと、感じたこと、思うことをつけくわえる。引用と、感想。その繰り返しである。そのたびに、その場の空気だけではなく、自分が、二つに割れることになる。》

荒川洋治『黙読の山』(みすず書房・二〇〇七年七月)収録の、「目覚めたころ」という短文の一節である。詩との出会いの頃を回顧し、小説、和歌(百人一首)、俳句(石田波郷)という順で、読むことにめざめ、「高校の終わりごろ」に高見順の詩集『死の淵より』を開いたようだ。右の引用に続けて、「詩を読むことだけではなく、書くこともまたそうである。ひとつ進んだら、すぐ向きを変える。ときには、そのままどこかに行ってしまう。これが自由に書く詩のおもしろさである。」とも述べる。「すぐ二つに割れるので、まっすぐな詩はいまも書けない。」というのが末尾の一文である。

既に見た、詩「真珠」や詩「模型」、詩「草原にしあれば」なども、「引用」と「感想」そのものではないが、具体的な事柄や作品に触れた部分と、そこから発想した部分に分けることが出来そうだ。

もっとも、詩「裁断橋」などは、「裁断橋」という伝承から生まれたイメージそのものが作品となった例であり、おそらくは作者の内面では「引用」と「感想」が繰り返されたのであろうが、それは隠されている。「裁断橋」の場合は、印象的な名前の橋なので調べようはあるものの、その種の材料がない場合は何のことか、手を出せないこともある。

たとえば、詩「若い部屋」などは、私などには、どうにも読み解けない。文中に「同人の西谷くん」が出てくるし、「ハナ子追憶」という連載小説らしき話もあり、詩の題名も「若い部屋」なので、中学生、もしくは高校生が同人誌を出していて、その集まりでもあろうか、と想像するばかりである。

もしかしたら、この同人誌は、それぞれの原稿を綴じた「回覧式」かもしれない。

まあ、よく分からない。分からないのだが、少し惹かれるところがある。その中心は「我はなくとも」と、みんなで「つぶやく」場面である。この言葉は次に引用する、詩「若い部屋」の後半部分にも出てくる。この言葉は、この同人同士だけの符牒、〝あいことば〟のようなものか。「我はなくとも」という、その先が気にかかる。「もや」が立ち込めている。

仏足石歌は二一首で心をみたした
その石の幅の少し内側に
すわりなおすと
「来たよお」という声が聞こえ
これでみんながそろった
我はなくとも。
玄関から入って来た西谷の顔だが
西谷はこれから先
どこにすわるのだろう
「何から話すの」
「楽しいのだね」といいあう
踏み出しの足が
蔦をよけていく

これが、詩「若い部屋」の後半である。まず、「仏足石歌」に目が向く。「仏足石歌」は、薬師寺の仏足跡歌碑に刻まれた二一首の歌。及び、それと同じ歌体（五・七・五・七・七・七）を持つ歌のことだが、文中に「二一首」とあるので、前者のことであろう。内容は欠損などにより意味不明のものもあるが、要するに、仏の足跡を讃嘆し仏教の教えを歌ったもの。たとえば、一六番歌は「仏足の周りを礼拝すれば、釈迦の麗しい容貌が偲ばれ目に見えるようだ」というような内容である。

もんだいは、ここで仏足石歌が持ち出された意味だろう。仏足石歌の六句形式が否定され、短歌詠唱のあり方が記載される段階で現在の形になったとみる研究もあるそうなので、一つの形式が成立する初期ということの〈喩〉かもしれない。文学に目覚めた若者たちの思いを読めばいいのだろうか。

ちなみに、吉本隆明『初期歌謡論』（河出書房新社・一九七七年六月）のⅦ和歌成立論の末尾部分で、「仏足石歌」が扱われている。同書は、ちくま学芸文庫にも入っているので、単行本は本棚にあり、今、私の手にあるのは文庫の方だ。

吉本隆明は、形式的には「短歌謡の五・七・五・七・七を閉じてから、その上に七音数の句をつけ全体を包みこんでいる」し、「声曲の必要から、おわりの句の意味と律とを転換させているのは想像に難くない」と述べる。折口信夫の文章も援用して、「声曲にのった歌謡や俗謡の彼方まで〈和歌〉の裾野がひろがった」ことを論じているところが、特に興味深い。万葉集のような正統の歌集に、「仏足石歌」のような、曲調ある俗謡が収録されるほどの裾野のひろがりが意味することを、吉本隆明は次のようにも考える。「歌が声曲にのると音韻の類似が、意味のちがいを超えて結びつけられる」可能性があるというのだ。つまり、その結果として、「これが〈書く〉という私的な場面にひきもどされたとき、縁語や懸詞の問題が本質的な意味で〈和歌〉に登場した理由だといえよう」とも語る。私などには〝腹に落ちる〟説明であり、その観点からすれば、正岡子規が「駄洒落」や「理屈」としたものを、より深く読める、という吉本隆明の指摘に、思わず膝を打ってしまう。「読み歌としての多義性」が、そこに現れるわけだ。「表現可能性の幅というよりも深化の契機」とも言う。

まちがいなく、「もや」が立ち込めている。「沈黙」の「空間」ということでもあろう。

その作品を読み解くことが出来ないのに惹かれるということは、まちがいなくある。たとえば、小説(物語)の話だが、小川洋子『物語の役割』(ちくまプリマー新書・二〇〇七年二月)に次のような一節がある。

《物語もまた人々の心に寄り添うものであるならば、強すぎてはいけないということになるでしょう。あなた、こんなことでは駄目ですよ。あなたが行くべき道はこっちですよ、と読者の手を無理矢理引っ張るような物語は、本当の物語のあるべき姿ではない。それでは読者をむしろ疲労させるだけです。物語の強固な輪郭に、読み手が合わせるのではなく、どんな人の心にも寄り添えるようなある種の曖昧さ、しなやかさが必要になると思います。》

この「ある種の曖昧さ」や「しなやかさ」が、「もや」でもあり、「沈黙」の「空間」であり、作者自身も分からない無意識ということではないだろうか。

鮎川信夫『現代詩作法』(牧野書店・一九五五年四月)でも、オグデンとリチャーズの共著『意味の意味』(一九二三年)の中の「詩はわれわれに何も告げない、いや、告げてはならないのだ」という言葉が紹介され、詩は制限され、方向づけられた言語の指示機能とは無関係であると、鮎川信夫が注意していたことも、思い合わされる。

九　詩「工場の白い山」をどう読むか

最新詩集『真珠』の巻末にある詩「工場の白い山」も、私には難しい一篇である。雪国の製網工場が閉鎖されたというのがモティーフ（素材）であり、それが作者の子どもの頃の記憶と深く関わっているようだが、たぶん、作者の「実感」が全体を覆っているので、どこから作品へ入ったらいいものか、悩む。ただ、冒頭の一連があまりにも印象的なので、読むことへ誘われてしまう。

生涯は血の色ではなく
色の血のようである

これが、詩「工場の白い山」における、冒頭の一連である。私は、呪文のように、何度も繰り返した。分かるようであり、よく考えると、何だかよく分からなくなるものの、心に残るフレーズではないか。

吉本隆明が「〈若い現代詩〉について」（一九八二年九月）という講演で言った言葉を使えば、

これは「事態の中枢にいきなり入っている言葉」だと思う。吉本隆明は、荒川洋治の自伝的な、書き下ろし詩集『針原』（一九八二年）で、全体的には、それまでと違って「言葉を日常の次元で捕まえよう」としているとして、部分的に、荒川洋治らしい「事態の中枢にいきなり入っている言葉」を挟んで見せたことを〝新しい境地〟と評した。作品全体は「門があり、玄関があり、入口があってというふうに辿って捕まえられている言葉」であり、「全体が自己体験的」であり、たいへん平易な言葉で語られる「物語的な場面」でありながら、「事態の中枢にいきなり入っている」二行が輝いている。

繰り返し、このフレーズを反芻しているうちに、その「血の色ではなく／色の血のようである」という反転があればこそ、私などは、以下の、製網工場についての「実感」について、あれこれ考えることも可能になる気がし始めてくる。「もや」が立ち込めているのであろう。

いや、この「血の色」と「色の血」は単なる反転ではない。たとえば、『広辞苑』第五版では、「血」は血液以外に、血筋や血統、さらに、人間らしい感情なども意味するとある。「血が通う」という熟語にあるように、事務的ではなく、人間らしい暖かみを指すこともある。それこそ「生涯」における見聞や経験が「血」の実態でもあろう。

言うなら、「血の色ではなく」、色の温かみ（血）が、作者の回想を誘っているのではないか。

白い山肌は
みぞれにおさめられた
落ち着いたようで
安らかでなく
生き方は　いまどうしているのか
鋭利なものは　とがりながら枠を外れ
愁然とした一本のからだを横にしたり
真横に返したりして
引き寄せるうちに
次々に仲買人の肩先をとおって
生き方は　どこかへ
あるじのないまま運ばれていくのだ

これが、詩「工場の白い山」の第二連である。「生き方は　いまどうしているのか」という問いが鋭い。他に向けての疑義ではなく、自らにも向けた問いかもしれない。「鋭利なもの」は、一義的には「製網」であろうが、若き日の、自分自身の思いとも読める。「愁然」は、うれえるさまだ。

言うまでもなく、ここでの「生き方」という言葉にも「もや」が立ち込めている。言い方を変えれば、ここに〈詩〉があるということではないか。

雪国の製網工場には高い
戸板の窓があり
そこから白山が見えて
木の形、葉の形まで
こちらの鈍い眼でなめることできるし
また逆に
葉のなか、木のなかに
白い山が　身を寄せてくることもある
近在から通う若い女性たちは

白い布で頭をゆい　綿糸　葛糸の
年を越す　豊かな反動を
胸元に伝えながら
真剣に　有結節網を撚りはじめる

これが、第三連。「白山」は、富山、石川、福井、岐阜の四県にまたがる両白山地の中央に位置する最高峰である。白くなる白山は、北陸に晩秋が訪れる象徴ともなる。そういう季節の移り変わりと、工場で働く女性たちの姿が、作者の記憶の底にあるのではないだろうか。
製網工場を知らないので、想像するしかないが、機械も使うのだろう。「有結節網」は、文字通り、「節」に「結」びめが「有」る編み方で、より強度が必要な場合に選ばれるもの。やがて、ナイロン樹脂の「アミラン」が現れる。

それでも顔の一部を
背中のほうに見せ
新聞には

「漁網、アミラン優勢に」
の文字が赤く光り
カタカタ、ガタと音を立てて
日本の糸車はまわり　夕方に向かうと
若干の身の回りを
少しずつ片づけていき
静かな工員として去って行く

時代は、このように人々の生活を変えてしまう。「真剣に」働いていた女性たちが、「それでも顔の一部を」新聞の方へむけなければなない。「静かな工員」に出来ることは「去って行く」ことだけだ。ここまで読んで来ると、何だか分かりやすくて、びっくりする。ただ、これが「血の色ではなく」、色の暖かみ（血）が作者の記憶を呼び覚ましていると考えなければ、私には、読み取れなかったことだ。

作者は、ただ時代の変化を見ているのではない。「実感」を持って見ているのであり、暖かみとしての「血」が作者の記憶を呼び覚ましているとするなら、無意識に作者本人の意図を乗り超えようとしているのかもしれない。ほぼ描写に近い、こういう表現にこそ、実は、もっと深い「もや」が立ち込めていると見なければならない。一見、分かりやすそうな部分が、実は、別の読み方をしなければならないこともある。

作者が時代の転換をどのように見ているのか、次のような文章を重ねてみたらどうだろうか。

《ひとつの方向に時代が流れ、もうどうにもそれにさからえなくなったとき、日常のひとつひとつの行為や思いは、どのようなものとして人の気持ちのなかにおさまるのだろうか。いっときいっときの気持ちが、行いが、どのようなものとしてその場を占め、また、かくまわれていくのだろう。》

荒川洋治『忘れられる過去』（みすず書房・二〇〇三年七月）所収の「コーヒーか干柿」という短文の一節である。彼は、そういう「時代の流れ」の中の人の気持ちを想像し、「苦しいことだ」とも、「人としていちばんつらいこと」とも言う。その一方で、「生活の変化を、ただ辛いものとは思いたくない」とし、「時代の底にとどまり、人として必要な想念があらわれる」ことの重要性に触れている。詩集の冒頭にある詩「真珠」の、何ともこまごまとしたプロ野球の話や、日本社会党委員長のことなども思い起こしておきたい。

そしてやや　遠いところに届くと
それでよかったのか
都市型の洗濯ものをとりいれる
安らかに立ちのぼる若い女性の姿が見える
誰も彼もここにいない
木のなか、葉のなかに
白い山はやってくる
高い樹の間からも湧き出た水は
地下の下側を通り
生き方は　あるじのないまま
不思議に高まっていくだろう
工場は消え
白い山だ

最終の連である。何のことはない、結局のところ、詩「工場の白い山」の全行を引用してしまった。特に、最後の二行が、あざやかである。

工場が消え、工員が去って、「白山」は晩秋を迎え「白い山」になる。作者が感じているのは「季節」の移り変わりではなく、「時代」の変化の方だろう。かつては、「あるじのないまま運ばれていく」しかなかった「生き方」が、いまだ「あるじのないまま」にせよ、「不思議に高まっていく」のを感じるというのはどういうことか。

もちろん、それがどういうことなのか、私には分からない。「もや」が立ち込めている。と同時に、〈詩〉があると感じる。分からないのだが、「人として必要な想念があらわれる」のを待つ思いがそこにあることが分かる。その「不思議に高まっていく」感じは、まちがいなく「実感」そのものであり、たとえば、詩「若い部屋」にある「何から話すの」とか、「楽しいのだね」と言い合いたい言葉につながる何かではないだろうか。

言うなら、それこそが「真珠」かもしれない。

伊藤整は『文学入門』（カッパブックス・一九五四年十月）で、次のように述べている。もっとも、今、私の目の前にあるのは、『改訂　文学入門』（光文社文庫・一九八六年十一月）の方だ。

名著である。萩原朔太郎の詩「竹」の読み方などは、この中の、何気ない一言で教えてもらった。

《ふつうの人は、実利と道徳が人生だと思っている。しかしこの二つは、生活を動かす力であって、生活そのものではない。自分の生きていることの実体を、このようなふつう生活者は見落しがちのものである。》

伊藤整は、さらに「人間が生きていることそれ自体において感ずる生きがい」や、「生きていることの中身」などとも言葉を重ねる。特に、文学の場合は、その生きることについての感じ、「その感銘を受けたところだけが純粋に結晶するような、別の物語りの構造」が必要であり、その「純粋さを結晶させる」ために、〈現実〉から〈物語り〉へ「移転」が行われる、と述べる。それは、〈詩〉においても同様であろう。「移転」によって不必要なものを捨て、「結晶」させる。その人自身が「生きていることの実体」を感ずることにおいてしか「結晶」がないことは言うまでもあるまい。誰でもが、自分自身を生きなければならない。詩「工場の白い山」は、そう言ってくれているように見える。

荒川洋治論のために

――八〇年代の入口のあたりで

1　ほめる

八〇年代の入口あたりで、荒川洋治はさかんに自分以外の詩人をほめた。清水哲男を賛美し、井坂洋子に拍手し、伊藤比呂美に肩入れをした。たとえば「現代詩は自転車に乗って」という講演では、「いままで、私がする話というのは、きまって、自分以外のひとのことでした。ひとが書いた作品のことなどを、あれこれ話してきました。」(『早稲田文学』一九八〇年二月)と始めている。そんな中でも、特に荒川洋治が自身の〈詩〉について触れている部分をいくつか並べてみる。

《菊池千里さんが「荒川さんはことばの局面だけをあつかって」詩を書いている、とまことにビューテイフルなことばで評価を下してくれたことがありますが、まさにその通り。局面だけをひっかけて使っている。詩もそこで出来上がる。》
《ことばを知らず、ものに暗く、感受性に乏しく、そのうえ低ＩＱというのですから、今日の詩人としての適性をものの見事に欠いているといわねばならない（笑）。それが私なのです。》
《適性の詩人たちだけが詩を作る。そういう時代は終わっていいのだと思います。》
《井坂洋子も伊藤比呂美も、その個性はそれぞれに主張をもっているようですが、私はこれらうら若い詩人たちが一様に見せる深みのなさ面白くなさに面白味を感じてやまないのです。》

　他人をほめるというのは、逆に言えば、自らの感受性を信用しないということだろう。自己を相対化するということである。いやいや、荒川洋治の場合、それは少しニュアンスが違うように思う。話はもっと微妙な、何と言ったらいいのか、時代の風向きのようなものに、彼が息をひそめているような行為にみえる。因みに、この講演の題名は、後に彼の第二エッセイ集『詩は、自転車に乗って』（思潮社・一九八一年十二月）のタイトルのもとにもなったが、言うまでもなく、横光利一の小説『春は馬車に乗って』に由来している。そもそも第一エッセイ集『アイ・

キューの淵より』（気争社・一九七九年十二月）だって、高見順の詩集『死の淵より』が下敷きになっていて、荒川洋治にとっては同郷の文学者に対する敬意とともに、先行世代の詩人たちに対する反抗心も示されている。横光利一の小説『春は馬車に乗って』の結末部では、スイートピーの花束に顔を埋める主人公の病妻は間もなく死ぬのだ。いわば、愛する妻への鎮魂として『春は馬車に乗って』は書かれた。荒川洋治は戦後詩への挽歌として、その題名を下敷きに付けているわけだろう。

《(詩集を——引用者) 編集せずに、ただ書いたものをそのまま並べて本にするのはどんなものだろうか。(中略) それではいけない。自分の詩が、少しでも正確に読み手につたわるよう、努力すべきである。いままでの詩人は、そのあたりのことにあまりにも無頓着であった。自分の詩が、読み手に届くまでのみちすじをしっかり見届けること。そこをなおざりにする人は、その作品もまたひとりよがりなものである。／とりわけ構成、編集にさいしては、第三者にみせ、意見をきいたりして、より完璧なものにすることだ。自分だけでつくるより、第三者の眼を入れた編集の方が、出来上りをみても、よりしっかりしたものになっている。編集については二、三週間はかけよう。詩の順序、配置、レイアウト、チャプターと、いずれも練りに練っておきたい。また、一篇のなかでの表記の統一、一冊のなかでの表記の統一がなされているかどうかの確認にも時間をかけるべきである。》(雑誌『詩芸術』一九八一年八月号)

　これは、文字通り「詩集について考える」という文章である。荒川洋治は紫陽社という出版社をやっているので、一見、都合のいい話のようにみえないでもない。それにしても、この具体的でありながら、その核心において〈詩〉そのものを語っている〝まっとうさ〟はなんだろう。これは、ただ版元であるという視点ではない。また、ここにあるのは、決して手取り足取り的なやさしさでもない。ましてや、荒川洋治が演戯的に自らのＩＱの低さにからめて話を茶化しているわけでもない。荒川洋治が表現ということに対して、殊更に意識的になっていることがもんだいなのだ。おそらくは、七〇年代か八〇年代かの、歴史的などこかで、表現の質の変化が始まったことを意識しているのではないだろうか。

　たとえば、ここでの話を、逆に考えてもいい。いくら丁寧に編集してみたところで、自らの表現の質についての見識がない〈詩〉は、結局はそれだけのものだと、荒川洋治はつきはなしてもいるのだ。もちろん、編集によっていくらか見栄えはよくなるかもしれない。しかし、それによって、作品のうすっぺらさは、かえって目立ってしまうだろう。結局は、ただの紙くずだ。高村光太郎の詩集『道程』は、それこそ作品をただ成立順に並べただけだが、そのまま近代知識人の苦悩のドキュメントになっている。だからと言って、今、私たちが同じことをしてみても、ついに、独りよがりな自己宣伝になるだけに過ぎない。

つまり、荒川洋治が言おうとしていることは、表現の質についてなのである。吉本隆明の用語を使えば、〈超資本主義〉時代に突入したことによって、表現の質そのものが変わらざる得なくなっているというのと同じことを、その時、荒川洋治は指摘したということかもしれない。

荒川洋治は、まちがいなく実務的な事柄について書いている。しかし、荒川洋治がそこで指摘しようとしていることは、もっと別のことだ。ただ、自分の心の中をのぞき込んでも、それは表現にならない。もっと広々した場所にむけて自身を開いてみなければ、本当の自分に出会うことはできない。自分だけが、暗闇の中で悩んでいるとかいうことを、暗喩だらけで書いてみたところで、独りよがりにしかならない。「王様は裸だ」ということを、百人が百人、それぞれ個別に、どこかの洞に叫んでみたところで何にもなりはしない。ずっと後のことだが、詩集『渡世』(筑摩書房・一九九七年七月)の「あとがき」には、こんな言葉がみえる。

《渡世とは、辞書によると世の中を渡る、生きていくという意味です。ほんとうのところどう生きたらいいのか。ちいさなことと、おおきめのことと、ぼくもまたいつも悩んでいます。一日一時が選択の連続。笑顔はそのたびに小さくなります。（中略）ぼくも風に洗われながら渡世を送っていこうと思います。》

「風に洗われながら」というところがポイントになる。「風」は、いうまでもなく「世間の風」だ。荒川洋治が詩集のレイアウトとか、活字にこだわったりするのも、ただそのことがもんだいなのではなく、〈詩〉の表現の質としての〈表層〉をこそもんだいにしているからであろう。

《消費が所得の中で半分以上を必然的に占めてしまう産業社会は、消費の種類と消費の理由が何であっても、消費を主な要因と見なければ成り立たない社会です。制度としては資本主義の本来的性格である利潤、その蓄積の増大ということを超えて、超えた部分で消費過剰の社会になっています。世界経済の先進的な地域経済がそうなってしまった社会を超資本主義とか消費資本主義とよんでいます。》（『僕なら言うぞ！』青春出版社・一九九九年九月）

吉本隆明は晩年の、多くの啓蒙的な著作で、このことを繰り返して論じている。本当は、こういう状況にいつなったのか、数字を使って示した方が良いのに決まっているが、そういう時間も能力もないので、今はただ、自らの実感をたよりに走り書きをしておきたい。

オイルショックの後、賃金が一気に跳ね上がったことがあった。もっとも、私が就職したのはその後であったが、それでもその波紋を感じたことはある。たぶん、私の実家が、たいして必要でも無かったはずの自家用車を初めて買ったのも、その頃であるし、初めて家族で焼き肉店へ行ったのもその頃ではなかったろうか。

つまり、七〇年代の後半から八〇年代の初頭のあたりで、まず何かが変わり始めたのである。つまらぬ例を挙げれば、今、古本の値段が均一で低価格になっていることなどは、そういう変化の結果だということではないのだろうか。八〇年代までは、まだまだ、古書店それぞれで、微妙な値付けの違いがあった。古書の価値についての見識そのものが、価格に反映されていた時代があったのだ。ところが、今はどうだろうか。一定の作業過程で古本をクリーニングして、全て半額とか、二百円や百円プラス税とかいうようにして、大量販売する。まるで新刊本屋のような小ぎれいな、チェーン店化した古書店が出現して一定の時間が経った。古書の価値というものが均一化し、さらに低価格になってしまった。本の価値は、中身ではなく、ただ単に新品同様にきれいなのかどうかということになった。ちなみに、ブックオフの直営1号店は、一九九〇年五月に神奈川県相模原市にオープンしたのだそうだ。

そういう光景を、荒川洋治の詩や詩論に結びつけようというのは、あまりに暴論と言うべきであろうか。古書それぞれに対して値付けをするという、職人的な微妙な行為は、まるで暗喩に彩られた〈詩〉のようだなどと言ったら叱られるだろうか。そもそも文学そのものには、どこか古書の値付けのような、職人的な知識や能力が必要である。関係のない者にとってはどうでもいいような、いじいじとした暗いところがある。荒川洋治も、ご多分にもれず、そういうタイプの文学者である。しかし、彼が多くの詩人や作家、評論家などの文学者と決定的に違うのは、自らの、いじいじとした暗いところを相対化しているということではないだろうか。表現は本来そうでなければならない、というレベルにおいてそうなのではなく、時代の転換期において、その表現の〈表層〉の変化について言及出来たことじたいが、新しかったのではないだろうか。

荒川洋治は別の文章で、こんな風にも言っている。

《……感性だけではどうにもならない。それだけでなにかを標榜できるものではない。私的な現実に取り組めるだけである。他者を突き抜けたあとの手負いの感性こそが詩のことばをうみだせるのではなかろうか。》（「言葉を生めない詩人たち」　朝日新聞一九八一年六月十一日付）

自らの感受性を当てにしないということによって、ひょっとすると、荒川洋治は表現の歴史を少し動かしたのかもしれない。

2　晒す

転換は既になされていた。さらに、昔話をしたい。荒川洋治の「消し忘れよりはじまる　わがテレビ・シフト」というエッセイを見てみる。第一エッセイ集『アイ・キューの淵より』に入っているが、初出は『現代詩手帖』（一九七八年三月号）で、現代詩文庫『荒川洋治詩集』にも収録されている。

《則武三雄が、勅使河原宏との対談でこんなことをいっている。「今の人は、テレビを見たり、いろいろな貴重な時間を空費しているから、昔の人の作品みたいな強さ、高さまでにはいかんのじゃないか、時代が下がれば下がるほど、作品は落ちてくるんじゃないかと思うんです。現代の人は理論は持っていますよ。勉強もしていますし、世界的なものも受け入れていますが、何か作品の高さというものが落ちていますので……」と。昭和の三十三年だから、もう二十年前になるが、福井市近郊の小学校にあがりたてのころ、わが家が近隣五軒に先んじテレビを一台、導入するという挙に及んで以来、私はテレビの普及とともに背丈を伸ばした。いわば純粋のテレビっ子である。私の作品が「高さ」を持てないのは、なるほどいわれてみれば、テレビのせいかもしれないのだ。》

もう一つ、引用する。

《「ねぇ荒川クン、日曜日はなに見てるの？」
「スター誕生！」（日本テレビ・午前十一時）だ。「スター抹消」と書き変えたいくらい、新人歌手づくりのきびしい舞台裏がかいまみられてスリリングである。私はとくに阿久悠の表情を追う。また松田トシ（審査委員長）のボケた評言も耳でひろう。松田いわく「とってもおじょずよ、あなた。でもねおくちをもっとはっきりあけて、そうね発声の基礎的なことをしっかりお勉強しなきゃいけないわね。素質は十分におありになるのよ、だから基礎をしっかり身につけたうえでまた挑戦してみて下さい、ね」（いつも同じだ）。このひと、今様の「歌」をてんでわかってない。古い歌謡曲の規範にすがっていまだに基礎などという神話をお持ち出しになる。そのとり残されようと、それに気づかぬ無知ぶりは、愛嬌にもならない。哀れだ。いたいたしくさえある。ひょっとすると阿久悠は、自分のあたらしさを印象づけるために松田のおしゃべりを前面に立てているのかもね。天才とは、かように作戦的なのだ。》

長々と引用したが、二つの文章は、一つのエッセイの冒頭部と結末部である。この時期、テレビを対象として、ごく普通に論評している文章としては、この荒川洋治のエッセイはかなり珍しい部類ではないだろうか。時代の風俗や文化を対象とした、同傾向の文章としては、私の記憶の中では、石子順造や上野昂志のエッセイなどがまず浮かぶ。たとえば、それらはマンガや歌謡曲についての批評であったりした。しかし、それらには〈俗悪〉とか〈生活〉とかの媒介項があった。そういうものを、ことさらに間に置かなければおさまらない、彼らの〈知〉が感受された。あるいは、確か「日常を読む」といったタイトルだったはずの、芹沢俊介の文章などもあったような気がする。ありきたりのスーパーマーケットを論じたりする、その素材への踏み込み方が新しく感じたわけだが、日常を〈日常〉としてとらえ返すために、そこでは、〈知〉はふるえなければならなかったように思う。

当時、荒川洋治の右の文章には、それらとは異質な新しさがあったような気がする。

荒川洋治は、右の文章で、テレビやテレビ番組を論評しているのではない。「テレビの普及とともに背丈を伸ばした」「純粋のテレビっ子」が、どうしてテレビを冷たく論評できるだろう。「荒川クン」は、「活発な女の子」に答えるつもりで、月曜日から日曜まで、オマケに年末の自分の好みの番組まで披露してくれる。ただただ、自分の楽しみ方を語るだけである。荒川洋治には、新しい素材や領域に斬りこんだなどという気負いはない。何かを媒介項にして何かを論じているわけでもなければ、そこに、ふるえるような〈知〉があるわけでもない

では、たとえば番組「スター誕生！」の松田トシの評言（今はなくなってしまった番組なので、取り上げる例としてはあまり適切ではないことは承知している。たぶん、今なら、番組の説明を一から説明しなければならないに違いない。）と対応する、荒川洋治の〈耳〉の力はなんなのだろう。地元の大先輩詩人にあたる、則武三雄の、テレビ世代は「高さ」を持てないという俗説を、「なるほど」などと軽く受け流しながら、文章全体の結論としては、「規範にすがっ

ていまだに基礎などという神話をお持ち出しになる。そのとり残されようと、それに気づかぬ無知ぶりは、愛嬌にもならない。哀れだ。いたいたしくさえある。」と、きっぱり切り捨てる。言うまでもなく、「基礎」は「高さ」でもある。なんと、したたかな批評精神であることであろうか。

いや、大袈裟に考えては、かえって、このエッセイの意図に背くことになる。この軽さとスピード感を楽しめばいいのだ。ただ、批評は、こういう場面でいつも「規範」をチラつかせがちだったのではないだろうか。そういう文章に対して荒川洋治はなんと批評的であることか。

いやいや、むしろ、荒川洋治は素直に語っていると読んだ方がいいのかもしれない。荒川洋治を論ずる者は、ついつい、荒川洋治の言わないことまで、先回りして言ってしまうことが多い。松田トシに対する評言がそのままであるのと同様に、則武三雄に対する思いもそのままかもしれない。荒川洋治は、本当に自分が「高さ」を持てないと自己批評しているとも読める。そういう素直さが荒川洋治の魅力なのだと言ってみたい気もする。

次も、前と同じ文章からの引用。

《出不精の私にテレビは重宝だ。世界の窓だ。早朝は時計がわりになる。その点でも重宝している。さらにテレビゲームで二倍に活用すれば、選球眼だって身につく。それにテレビのおかげで、日本人のいろんな顔を知った、そしていろんな場面の冷気を見知ったと思う。場なれじゃなくて、場面なれしたんだ。もうなにもこわくないぞ。映っているものに、自分をどんどん塗りつけていく。近代ならぬテレビという魔物を超克するにはこれしかない。「作品の高さ」からは遠ざかるだろうけどね。自分を晒すってことができないひとは虚心にテレビの相手をしたりできないだろう。それとテレビは一つの人格ではない。一つの人格を見ようとすると、苦しくなる。映ったひと全部の人格をまぜあわせて立っているしろものだから。その混沌とした味から舌を引いてはいけないんだ。》

過剰なサービスというくらい、荒川洋治は自分を「晒す」。自分の立っている場所を示している。「テレビ」は、もちろん「現在」の代名詞である。「その混沌とした味から舌を引いてはいけない」というのは、過激な闘争宣言であろう。

たぶん、その八〇年代の入口のあたりで、いちばん面白かったのは女性詩であった。新しい局面を切りひらいていた。ただ、それらは、既に転換を遂げてしまった詩なので、論評するのが案外難しい。安易にほめると、足をすくわれるような気がする。やはり、荒川洋治の詩の方を見ながら考えよう。

二、三のことを西国は考えさせるのだ。やせた竜胆のくきをはさんでいま両の手を止めている。この尾道の道と時。(「鎮西のために」部分)

あるいは、また次のような例。

いまも風のなかに在るが、真下にはひかる尾道。やさしい陽の道と松の装い。長い昼だ。祖母からの血の急坂をかけ降りてきたきみも、そのいきおいを潮の場に倒して、しばらくはそっとすなを視ている。(「鎮西のために」部分)

思潮社の現代詩文庫で、ひとわたり荒川洋治を読み返して、すぐに気づかされるのは、詩集『鎮西』(『新鋭詩人シリーズ・荒川洋治詩集』一九七八年)の途中で示されるスタイルの転換である。右に引用した「鎮西のために」の次の詩「尾道市に関する」から、それまでの散文詩が行分け詩になる。もちろん、詩集『娼婦論』(一九七一年)や『水駅』(一九七五年)などにも部分的には行分け詩はないわけではない。ただ、荒川洋治は、この詩集『鎮西』の時期に意識的にスタイルを変えていったことは間違いないだろう。

放鳥が
はじめての夜を破るようだ
わたしはけさも
よりすぐった
新鮮な肉をさきに立たせる

街道の通り名を
一帯にたたく大つぶの雨が
青いわれものの肌へも
女子をさがして
やさしくふりかかる
この

尾道市に関する性的な
ひかりの
新しいばらつき

古い
悲哀の一つ一つが
媚をなしながら
いま
徐やかな糊のちからをもとめて
ながれだすのだ

（中略）

この雨に
すっかりふりこめられた道連れのうち

女の方から
肉に埋もれた
わずかの声があがる

転換地点にある作品らしく、荒川洋治の初期の詩の名残りがなくもない。しかし、全体としては、余情に頼ることなく、言葉を「さきに立たせる」ことに意を注ぎ、その「新しいばらつき」を楽しみ、「わずかの声があがる」のに耳を傾けている。普通に考えれば、出だしの二行などは、そのあとの三行の直喩だから、「放鳥が／はじめての夜をやぶるように」とでもするところである。ところが、それを「破るようだ」とすることによって、出だしの二行は比喩の対象を失い、何か得体のしれないものを形容することになる。

穏やかに意味をとるなら、放たれた鳥が初めて不安な世界へ羽ばたくように、私の心は不安ではあるが、私の肉体は既に生命力に満ち溢れているというようなことであろうか。いや、もっと通俗に、最終行まで含めて性的に読むことはできる。作者はそういう楽しみも充分に意識して作品を構成してくれている。もちろん、現代詩として読むならば、今、現在において詩を書くことの、何といえばいいか、「呼吸」のようなものがテーマだとでもいえようか。現代詩に向かう作者の力が、性的な志向に置き換えられているとみるべきだ。そこでは、「放鳥が／はじめての夜を破るようだ」というのは、作者が詩を書こうとして言葉に向かうことじたいの暗喩となる。だから、観念ではなく感覚を、意味ではなく、言葉の「新鮮な肉」そのものを、ことさらに示すのである。

これはもう、言葉が何かの意味を表すということではなく、言葉それじたいが、その言葉の志向性にそって投げ出されているということだ。意味として受け取ればたわいもない言葉が、その時、ゆるやかに得体のしれないものの方へ「ながれだすのだ」。そして、なにげない言葉が、知らぬ間に、ある「高さ」にたどり着いている。言うなら、それは批評を溺れさせるほどに高度である。荒川洋治は理解を求めているのではなく、感じることを要求しているのだ。批評は暗礁に乗り上げる。

性的な欲望に促されて、「女子をさがして」行くように、さらにいくつか荒川洋治の切り開いた道を歩いてみよう。

詩集『あたらしいぞわたしは』（一九七九年）の後半部分から引用する。有名な詩「叶えてやろうじゃないか」についての論評は、他の人に任せよう。

いなかの絵画館に入って
白金のしるのようなフイルムを見て以来
そう、昨年の秋ぐちから
結膜炎をわずらってしまったわたしである
近くへでかけるにも、この
慢性の友を連れあるかねばならず
それに
目にはいるものをいくらかでも気を入れて
いつくしもうものなら、すぐに

ゆざめを感じて

身もと割れないさむさに
慕われどおしの毎日だ
と、誰彼にいうようにもなったある日

（誰が好き？
（どんな男の子が好き？
と、さしのべると
女の子は一七年目をめざす長い髪を
さわがせながら
（結膜炎のひとが好き！
そのように答えてわたしへと、向き直るのだった
高みをむしりあるくような日々だ
（それにしても
もうすこしあたためてから教えればよかった
だがいまは
秋
冬のあなたを見る迄は
（中略）
タオルが投げられるまで

このゆざめの目、
秋いっぱいは光らせてみる

（詩「冬のあなたを見る迄は」）

荒川洋治は、性的な欲望の道筋にそって、「ゆざめの目」を「秋いっぱい光らせてみる」努力を続けている。

結膜炎で充血した目が、「ゆざめの目」へ転換するイメージに付いて行くのは、本当に骨が折れる。それは病いであり、不都合なことであるが、作中の「わたし」にとっては、自己と切り離しがたいものになっている。「わたし」は飽き飽きしている。「ゆざめを感じて」とあるから、私たちも感じてみなければならぬ。その、ぞくっとした「さむさ」につき動かされ「どおしの毎日」を、簡単に現代詩を書くことの暗喩だなどと言うまい。ただ、そういう「目」が好かれたことに対する率直な喜びと、その慎み深い抑制と意欲を、それとして読んでおけばよい。もしくは、そういった思いの中心にいる「十七年目をめざす長い髪」の「女の子」がイメージできたら、それでよい。第一、あまり勝手に言葉を引っ張りまわしてしまったら、「誰が好き？」「どんな男の子が好き？」というようなラディカルな低さが生きないではないか。荒川洋治はむしろ、暗喩の「高み」を「むしりあるく」のだから。

あるいは、また、次のような例。詩集『醜仮廬《しきかりいお》』（一九八〇年）の中ほどの詩。

うしろからでもいいな
その人たちの姿を見てみたい
青々とした野中で
都のはしばしで

（中略）

明け方ちかくになってようやく
水辺でわたしらが見たものは
からだの一部にちいさな裂け目を光らす女と
味わいながら埋まる男の指だ
半双の香りを
とうとう知ったのね知ったのか、と

まあたらしい動きに目を細める

測り知れない色香だと思うのだ
単に行き過ぎるだけではなにも見えない
芝居小屋のユリはつめたいというのに
そのユリの腰にやさしく手をやって
そのひとたちは姿をあらわした
そのひとたちは姿を
「あらわしている」

（詩「払暁」）

全体は、少年期の性的好奇心によって構成されている。「払暁」は言うまでもなく、夜明けの意味である。「見てみたい」という感覚の低さを全開している。詩集『娼婦論』や『水駅』でも、荒川洋治は雅語で偽装しながら、実は、ほぼ同様の低さによって書いていたのだと言っていい。だが、そこではイメージの重ね合わせに屈折があった。それが暗喩の高度さ、詩の「規範」の高さのように見えた理由である。例えば、スタイルの転換は次のように論じられたりしている。

《レトリック（レトリックだけのレトリック）にのみ身を任せてしまえば、詩壇共同体のなかに容易に場を占め、自足できたであろう。しかし彼は〝レトリック・バカ〟たる裸の王様になる代りに、逆に意味の方へみずからの進路を定めた、と——。レトリックと意味が逆説的にせめぎあい、いわくいいがたい弁証を形成している『娼婦論』の世界からの脱自は、意味への意志によって果たされたのである。／とはいえ、〝雅語心中〟、すなわち方法と意味とをともにつつみこむ逆説的な〝やつし〟が、ストレートな意味文脈にとって代られたというわけではない。》

思潮社の現代詩文庫（一九八一年）における岡庭昇の解説（作品論）を引用した。正直なところ、読みにくい文章だ。レトリックから意味へと、大まかな転換の道筋を示しながら、なぜか、「レトリックだけのレトリック」とか、「ストレートな意味文脈にとって代わられたというわけではない」とかいう注記がよく分からない。他の部分で、吉本隆明や清水昶の詩を「ごく薄ッぺらな〝意味〟」と批判しているので、その裏返しと考えればいいのか。まあ、一生懸命ほめあげている。

《私は『娼婦論』『水駅』など意に介さない抒情オンチだが、(『あたらしいぞわたしは』所収の「叶えてやろうじゃないか」の一節——引用者)「テーマもないのにこうして詩を書いたりで」、の行にはしびれてしまった。今ではあたり前のこととなった散文脈。詩からかぎりなく遠い、素朴をよそおった述懐。詩とはこうあるべきものという枷を完全にぶちこわしている。》
《『あたらしいぞ……』はよく売れた詩集らしいが、次の『醜仮盧』とともにまともに論じられることが少ない。等身大の実像を描く勇気にはすげない、なんという頭の硬さ。詩壇の動脈硬化にはあいそもつきる。『娼婦論』『水駅』の延長線上で書いていたら、より深まりこそすれ、それだけの詩人で終わっただろうに。》(井坂洋子)

こちらも、思潮社の現代詩文庫(一九八一年)の解説(詩人論)である。こちらは、「しびれてしまった」という思いが素直に語られていて満点だ。とは言うものの、荒川洋治の詩の転換の事実について触れ、その転換の効果を語ってくれてはいるが、その転換の意味については、岡庭昇の文章同様、何も教えてくれない。荒川洋治はなぜスタイルの転換をおこなったのか。その転換の意識と無意識について、何も論じていない。お二人とも、荒川洋治の先回りをし、「状況論的構図」（瀬尾育生）を描いているだけのようにみえる。まあ、まだ現代詩文庫『続・荒川洋治詩集』がまとまる前の解説なのだから、安易な批判など出来はしないとしても。

レトリックから意味へ、抒情から散文脈へ——荒川洋治の転換がそういったものだとは私は考えない。岡庭昇が言いよどんでいるように、「レトリックにのみ身を任せる」ことなど誰にも出来はしないし、それは容易でもないし、つまらぬことでもない。また、詩集『娼婦論』や『水駅』を「抒情」だと断ずることの方が抒情的にみえる。

岡庭昇も井坂洋子も、転換を〈詩から日常へ〉もしくは〈技巧の高みから散文脈へ〉という風にイメージし、そこに荒川洋治の現在性を探ろうとしているように見受けられる。しかし、荒川洋治の転換はもっと錯綜しているとみるべきなのではないだろうか。

一つは、この転換は、次第に身構えがなくなって行ったというようなものであり、言うなら、当初からあった感覚が次第に露わになったということではないだろうか。多くの論者は、この転換を過剰に意味づけているが、それじたいは単に自然過程なのではないだろうか。無意識的な転換がまずあり、レトリックで武装する必要がなくなったとき、逆に、荒川洋治自身が生身の方をレトリックのように見せたということかもしれない。たぶん、意識的な転換の意図があるとすれば、その辺りにあるのだと思う。

その時、荒川洋治は初めて〈時代〉を少し読んだのかもしれない。

注意すべきなのは、その時の、荒川洋治自身の意識的な転換の意志であり、現代詩の要請に応え、〝架空の上洛〟を意図する努力の方である。レトリックがどうこうということはどうでもいいのだ。むしろ、八〇年代の入口で女性詩その他、他人の詩をほめたたえた事実の方が意味深い。構図としては、当然〈日常から詩へ〉である。転換期以降の荒川洋治は、現代詩史を担うという高揚と不安によって、大揺れしてきたようにみえる。彼がまず採った方法は、感覚の低さの全開によって、その作品を詩の高みに押し上げることであったのではないだろうか。

暗喩という観点から言うなら、詩集『娼婦論』や『水駅』の、重なり合った、屈折したイメージがほどけていく過程で、荒川洋治は、自らの現代詩を書くという動態そのものを暗喩することになったと言ったらいいだろうか。

言うまでもなく、これは私の「状況論的な構図」である。実は、この「状況論的な構図」という用語は、現代詩文庫『続・荒川洋治詩集』（一九九二年）の解説（作品論）で、瀬尾育生が言っていることなのだ。

《……多くの荒川論は彼がさしだすよりも一回り大きな状況論的眺望を持ち出してそのなかに

彼を収め、他の誰かれと比較しうる評価の場所を与えようとした。七〇年代から八〇年代への消費社会と市場の変容、戦後詩から戦後詩以降への詩的言語の変容、対峙から講和への倫理的構造の変容等々、それらの巨大な眺望のなかに収めようとすれば荒川の詩句はその構図に見合うメタファーをいくらでも提供したし、彼の詩論はもっとあからさまにその文脈に協力した。》

さすが瀬尾育生と言いたい。うまいものだ。私が実感だけ頼りに、ああだろうか、こうだろうかなどと、ぐずぐず考えたことが、まことにすっきり、コンパクトにまとめられている。荒川洋治の存在の意識的な部分を論じ、無意識的な部分までフォローしてくれている。

ただ、これでは、荒川洋治が詩のスタイルを転換させ、作品を書き続けて来た意志が不問に付されているように見える。描かれている荒川洋治の像は、まるで、陰謀を張り巡らし、野望のかたまりになっている怪物のようにさえ見えるではないか。

いやいや、荒川洋治は口が悪いところがあるにせよ、実は、素直なのではないだろうか。

私は荒川洋治の素直さに寄り添いたいと思うのだ。多くの群小作家と言われるような人々の作品に目を向けることは、誰にでもできることではない。未だに中学や高校の文芸部員のような素直さを持っている荒川洋治に、私は説明出来ない信頼を寄せている。

3　みきわめる

とりあえず、ここまで書いて来たものの、まだ、この文章がどこまで続くのか、その先が見えない。現代詩文庫の『荒川洋治詩集』（一九八一年）をぱらぱらと見直しただけで、終わろうとしている。せめて、現代詩文庫『続・荒川洋治詩集』（一九九二年）の詩篇を対象としてもう少し書きたかったが、その先に全詩集（二〇〇一年）もある。（その後、現代詩文庫『続続・荒川洋治詩集』（二〇一九年）も出た！）いやいや、荒川洋治を論じるなら、今かもしれないのに。やはり、何かを言うためには一定の量が必要なのだ。そもそも、荒川洋治の代表作について、まだ、ほとんど言及していないのに。（どうしても読んでいなければならぬもので、読んでいないものもあり、それも肝心なところで抜けたものがあるのではないか、という一種の後ろめたさもある。）

まあ、断片的なことを幾つか述べて〝中締め〟としておきたい。

どこでどう線引きをしたらいいのか、なかなか判断が難しい。大学紛争とか、オイルショックとか、あれこれ考えた。長い間、私は〝一九七五年転換〟説を唱えていたが、一九九〇年五月の、ブックオフ直営1号店オープンというのも、今から考えると、なかなか面白い。まあ、大まかに言えば、八〇年代の前後で、大きな変化があったということだろうか。

いやいや、様々なことが重層的に変化しているというのが実際で、それらの変化のどこをどう意味付けることが出来るかというのがもんだいなのだろう。

あるいはまた、時代の変化を先に読んだような荒川洋治の出現それじたいが事実としてあるだけで、その意味付けも、今後、新たに塗り直されることだろう。そもそも、荒川洋治だって、例えば瀬尾育生が「状況論的な構図」で示すようなことがらがすべて見えていたわけでないだろう。誰もが、一歩一歩歩いていくしかない。今、私たちの目の前に広がっている世界は、ただただ等質な空間のように見える。

次に引用するのは、荒川洋治『忘れられる過去』（みすず書房・二〇〇三年七月）に収録されている、『島村利正全集』について書かれた文章である。（初出は、「図書新聞」二〇〇一年一二月一五日号である。）

《コアジサシは、水辺の小鳥。

「私はそのころ、コアジサシの白い姿を見ていると、思いがけず、少年時代に生れ故郷の山ふかい峠で見た、栗鼠の大群を思い出すことがあった。そして、それにつづいて、奈良の鹿と春日山のこと。若狭の海で見かけた奇妙な動物？　と、そのときの旅行などを思い出した。それは私の、風変わりな小動物誌でもあったが、私自身をふくめた人間の姿も、戦前の時代色のなかで、それらの動物と共に点滅していた。」（「鮎鷹連想」）

このあと、それぞれの小さな動物を「点滅」させた文章がつづく。ここにある「私自身をふくめた人間の姿」をとらえることは、島村氏の作品世界の基点であり基調だった。「私自身」と「人間の姿」は同じものながら、微妙に消息を分かつものである。島村氏はその文学が「私自身」に傾くことを警戒し、ひろく「人間の姿」を知るための視覚を注意深く見定めようとした。私という人間が、他のもの、見知らぬもの、遠くのものと、どのようにかかわるのか。またそれをつづる文章が、どうしたら、人間のための文章になっていくのか。それを「私自身」という「観念」の生活者の感性を台座にして、みきわめようとした。「私自身をふくめた人間の姿」は、一九七〇年代という最後の「文学の時代」においても、そのあとも、多くの作者たちの作品から（あるいは発想から）失なわれた、おおきなもののひとつである。》

私の目がとらえたのは、「一九七〇年代という最後の『文学の時代』」というところである。

ここにも、講演「現代詩は自転車に乗って」と同じように、他者の目を通して自己を語ろうとしている荒川洋治がいるように見える。

多くの戦後文学者が持っていたような、苛烈な体験を持つことなく育った荒川洋治にとっては、「文学」を学ぶことこそが、最も重要なことだったとも言えそうだ。世代的に言えば、荒川洋治には全共闘体験があってもよさそうなのに、荒川洋治自身がそれに触れていないというのは、不思議なことでもある。村上春樹のように、裏側から全共闘体験に触れるということさえないのも不思議な気がする。一九六〇年代後半の大学紛争を、荒川洋治は、どうして軽やかに飛び越えることができたのだろうか。

書評　荒川洋治『真珠』（気争社・二〇二三年九月／二二〇〇円＋税）

ごく普通でしかない「感想」の言葉がきらめき、乱反射する！　荒川洋治の新詩集は、まるで〝折り紙〟のようなものかもしれない!!

荒川洋治にとっての「感想」という言葉は、たぶん、想像以上に重い。普通なら「批評」とか、「論評」などというべき場面でも、「感想」で押し通す。心に浮かんだ思いを「感想」とするなら、なんだか頼りなく、すぐに、風に飛ばされてしまいそうなのに、その「感想」を前面に立て、つらぬくと、それは「感受性」そのものが、あらわに押し出されたような〝強さ〟を示すのは、今さらながら、どういうわけなのであろうか。

もしかすると荒川洋治は、自らの「感想」の一つひとつを、まるで〝折り紙〟でも折るように、立体的にすることで、きらめかせているのかもしれない。評論的に言えば、「理性」ではなく「想像力」の方を大切にする。この場合の「想像力」は、新たな見方、新たな考えを生み出す力のこと。ごく普通の、一枚の紙のような「感想」でも、あれこれ折ると、きらめくのではないか。

ゆで玉子のような／肌のきれいな丘が見え／家をさがす女性の指先が／向こうからも現れた／金史良「コブタンネ」のように／ああ、誰も知らなくてもいい／この物理を

詩「物理」の冒頭部分である。「物理」は、物の道理で、「理性」そのものかも知れないが、「ああ、誰も知らなくていい」という「感想」は、それを詩的に打ち砕く。東京帝国大学卒業にして、芥川賞候補作家・金史良の小説『コブタンネ』は、再会の話である。「私」の家の、貸し部屋に住んだ女の子。過去と現在。既読の人は思いを深くし、未読の人は誘われる。

例にあげるなら、アーダルベルト・シュティフターの小説『水晶』を扱った詩「ぐび」の方が良かったか。兄コンラートと妹ザンナが、雪山で遭難する話。「山と山をつなぐ『くび』は／暗いモミの森」である。「ああ、どんな冬の日も二人のもの」という「感想」に、やはり、思いを深くするし、誘われもする。詩「くび」の冒頭の二行は次の通り。

ムード。くび。退避。／跡目を通っていく風の、羽。

荒川洋治＝資料（著作・資料等多数のため、一部のみ記載。）

荒川洋治　あらかわ・ようじ（一九四九年四月十八日生）
福井県坂井郡新保村（現在の、坂井市三国町新保）に生まれる。本名は、洋治（ひろはる）。一九六八年に上京。一九七二年に、早稲田大学第一文学部を卒業し、一九七四年、会社勤めの傍ら、詩書出版〈紫陽社〉を始める。一九七五年の詩集『水駅』にてH氏賞受賞。一九八〇年より著作に専念。その後、高見順賞、読売文学賞、萩原朔太郎賞、鮎川信夫賞、講談社エッセイ賞、小林秀雄賞、毎日出版文化賞書評賞、恩賜賞・日本芸術院賞などを受賞。二〇二四年二月、『真珠』で第五回大岡信賞を受賞。

● 全詩集等

『新鋭詩人シリーズ・荒川洋治詩集』（思潮社・一九七八年（昭和五十三年）一月）
　＊『娼婦論』全篇、『水駅』全篇、〈鎮西〉を収録。
現代詩文庫75『荒川洋治詩集』（思潮社・一九八一年（昭和五十六年）十二月）

現代詩文庫103『続・荒川洋治詩集』(思潮社・一九九二年(平成四年)六月)
現代詩文庫242『続続・荒川洋治詩集』(思潮社・二〇一九年(令和元年)六月)
『荒川洋治全詩集　1971―2000』(思潮社・二〇〇一年(平成十三年)六月)
＊年譜、詩集書誌、初出一覧、著作目録を併載。

●書誌

井谷英世＝編『収輯・荒川洋治』(一九八〇年(昭和五十五年)五月)
彼方社＝編『荒川洋治ブック』(彼方社・一九九四年(平成六年)五月)
＊内容は、詩／評論・エッセイ／その他の作品・記事／放送・講演の初出一覧、雑誌編集・出版(紫陽社)の記録、著作一覧、年譜の他、【付録】参考文献一覧など、精細を極めている。

●雑誌特集号

特集「荒川洋治」(『さりえ』創刊号　一九八三年(昭和五十八年)一月)
特集「やさしい都会人のための荒川洋治」(『TILL』第四号　一九八四年(昭和五十九年)十一月)
特集「平出隆　稲川方人　荒川洋治」(『現代詩手帖』一九八九年(平成元年)三月)

特集「荒川洋治」(『BRACKET』第10号　一九九〇年(平成二年)三月)
特集「荒川洋治の挑戦」(『現代詩手帖』二〇〇〇年(平成十二年)三月)
特集「飯島耕一と荒川洋治」(『現代詩手帖』二〇〇一年(平成十三年)八月)
特集「荒川洋治」(第二次「詩的現代」第20号　二〇一七年(平成二十九年)三月)
＊同誌に収録された荒川洋治の作品は、詩「民報」、「北山十八間戸」(再録)、エッセイ「これから思うこと」である。
特集「荒川洋治、いま何を描くか」(『現代詩手帖』二〇一七年(平成二十九年)九月)

● 編集

「文庫で読めない昭和名作短篇小説」(『小説新潮』臨時増刊号　一九八八年)
「名短篇」(新潮創刊一〇〇周年記念『新潮別冊』二〇〇五年)
『昭和の名短篇』(中公文庫・二〇二一年)

第二部　石毛拓郎

新詩集『ガリバーの牛に』へ向けて

――八〇年代の連作詩「闇のパラダイス」を読む

二十六年ぶりだという、石毛拓郎の新詩集『ガリバーの牛に』（紫陽社・二〇二二年六月）を論じようと思って、あれこれ考えていたら、思いがけなく、遥か昔、彼が詩誌「イエローブック」で書いていた、連作詩〈闇のパラダイス〉ことを思い出してしまった。もっとも、連作として私が承知しているのは、次の五篇だけである。

時期としては、石毛拓郎の詩集『阿Qのかけら』（一風堂・一九八三年六月）や詩集『レプリカ　屑の叙事詩』（思潮社・一九八五年十一月）と、詩集『惑星ジューンの彼方へ』（れんが書房新社・一九八九年八月）との間と考えればいいだろう。詩人として、最も活動的だった頃でもある。

「奇怪なマンガ――多島海のヒルコ」(「イエローブック」7号　一九八六年一月)
「キャバレー桃太郎」(同8号　一九八六年四月)
「舌のおちょん――雀のテレパシー」(同9号　一九八六年七月)
「坂あそび――蜘蛛のレヴュー」(同10号　一九八六年十月)
「あれが大砲ひいてやってくる」(同11号　一九八七年一月)

可能性として、この連作〈闇のパラダイス〉は他の詩誌等でも展開されたかもしれないと思う。ただ、それが石毛拓郎の個人誌とか、それに類するチラシのような印刷物だったとすると、もう、ほとんど発掘できないかもしれない。

たとえば、石毛拓郎の個人誌から始まった「反京浜文化」第七号から第十一号終刊号(一九七六～一九七九年)は、麻生直子の〝肝煎り〟で複製による合本となったものの、石毛拓郎は、私への手紙で、「手元には元本が一冊もないのでなつかしい」という始末である。なぜ七号から十一号までなのかと言えば、それは麻生直子がそれらの号に寄稿、執筆していて、保存していたからである。つまり、石毛拓郎本人は一冊も持っていない。なお、「反京浜文化」誌には、第九号(一九七八年八月)から村嶋正浩、第十号(一九七九年三月)から永井孝史、坂井信夫、さらに、終刊号である第十一号には川岸則夫も参加している。ちなみに、村嶋正浩は、この時期「村島正浩」であり、永井孝史もその後、「吉沢孝史」を名のるものの、再び、元に戻すなどの変化はあるが、最終的な氏名で統一しておこう。

よく言えば、石毛拓郎は、その時々の、自らの詩的な活動それじたいに集中し、その後の保存とかに、こだわらない。結果的に、手元に作品が残らない、資料が消える。もっとも、私にそのことを、とやかく言う資格はなく、八〇年代に石毛拓郎が出していた個人詩「黒王丸」に一度だけ詩を載せてもらったはずだが、どこかへ消えた。現在刊行中の石毛拓郎の個人誌「飛脚」もきちんと保存しなければとは思うものの、整理できているとも言えない。なお、私へ送られた『反京浜文化』に同封された手紙の末尾には、この「複製による合本」は20部限定だとも添えられている。何とまあ、貴重で、どう保存したらいいものだろうか。

まあ、詩誌「イエローブック」だけは、私は全冊を所有しているので、とりあえず連作詩〈闇のパラダイス〉を読んでみる。私自身が「イエローブック」誌に同人として参加した頃の作品なので、記憶に強く残ったのであろう。

そのとき。

山下清画伯○は○

――ハッハイ人を捨てるっていうのはどうやって捨てるのかな
　ゴミを捨てるみたいにやっぱり

ヒルコ○は○足萎え○だった
生まれつき○に○して○
それ○は○
試練○と○いうもの○だった○
のでしょう○か○
葦の小舟○に○
乗せられて○多島海○を○
漂流○した○のでした○ね○
ゆるぎ○ゆられて○
ゆるぎ○ゆすぶられて○

エビス○
エビス○
エビス○と○呼んでみる○

詩「奇怪なマンガ」の冒頭部分である。まず、目を引くのは「○」という記号の存在であろう。大まかには文節で区切っているようだが、必ずしもそうではないので、読者の気持ちも「ゆられて」、「ゆすぶられて」しまう。

山下清画伯も登場することから考えると、彼の喋り方に影響されたということかもしれぬ。余分な話だが、私は高校生の頃、山下清を見たことがある。通学していた高校のある市で展覧会があり、ご本人もいらっしゃっていて、意外に小柄だなと思った。山下清『裸の大将放浪記』をもとにした映像作品は、今なら塚地武雅であり、少し前は芦屋雁之助であろうが、私は小林桂樹の印象が一番強い。知的な役もできる役者が、ことさらに文節で区切ったような、ゆっくりとした、ユーモラスなイントネーションで、時々、引っかかるように喋っている姿を思い出すことができる。

詩の方の、山下画伯の「ハッハイ」は、応答や呼びかけを示す感動詞であろうか。山下清が、ごく素朴に疑問を述べているのに、いきなり本質をつくというような場面を設定しているのであろう。

神々が生まれる話だが、最初に、失敗して「蛭子」、つまり、手足が奇形、もしくは骨なしである「不具の子」を産んでしまう。『古事記』では、「……、子の水蛭子《ひるこ》を生む。此の子は葦船に入れて流し去《う》てき。」とある。右の作品では、「足萎え」として、それゆえに「捨てる」し、「ヒルコ」からすれば「捨てられる」わけで、よく言えば「試練」ということになろう。

その「捨てられたもの」が「漂着」し、福神伝説で「エビス」と呼ばれた話も一方にあり、異形こそが神の子の印ともとらえられたりもした。貴種流離という考え方もからむ。神であると同時に、排斥すべき存在でもあるというのは、いかにも民俗学的視点であろう。

出産ということがどれほど大変であり、また神秘的なことであるか、古代の素朴な経験を思い描く必要もあるまい。そこに敬して遠ざけるべき神がからみ、マレビトのような来訪神も登場する。いや、ヒルコとエビスが重なってしまう。

先の引用に続く部分を読む。

夷。

蛮○
戎○
狄○
辺○
奇怪○な○
異人○を○殺せ○
異人○を○殺せ○
異人○を○殺せ○
それとも○ヒルコ○の○話○は○
富○の○メタファー○なの○
あの○試練○を○
くぐって○豊穣○を○成す○と○いう○
下総国海上○の○浦辺○の○漁婦○常世田マツ○が○
破顔微笑○しながら○打ち寄せた○ヒルコ○の○
死体○を○抱えて○

――おら○の○漁村《むら》○にゃ○新しい○エビス様○が○いつも○
現われる○そういえば○この前○の○台風○の○ときも○
エビス様○が○海上○の○南道から○いらっしゃいました○

言うまでもなく、「夷」も、「蛮」や「狄」、それ以下も「エビス」である。引用末尾の「おら」は漁民だ。山下画伯と語り口が違う。本当は、たどたどしく話す山下清画伯の言葉の方に「○」が入る方が自然だと思うが、このセリフや作品の方に「○」があり、山下清が普通にしゃべるという反転が面白い。むしろ、現実の方がいびつなのだということかもしれぬ。

なんて。
適当なこと○を○いうもんだから○
山下画伯○は○
例に○よって○

――どっちがとくかな捨てるのと育てるのとどっちがいいかなや

っぱり居てとくな場合とそんな場合があるんだな

――画伯○わし○は○刑部○という○通称○で○もっています○これっきとした○官僚○なのに○白頭巾○が○人○を○震えさせます○六部○や○座頭○では○ありませぬ○六部○や○座頭○は○よくよく○殺されました○

これも、先に続くところを引いた。ここまでで、全体の半分というところだ。越前敦賀藩五万石領主であった大谷吉継まで登場してくる。大谷刑部はハンセン病であったと断定されていないが、目を病んでいたことは確かなようだ。関ヶ原の戦いでの、顔を隠すための白頭巾のイメージが広がったのも、実際は江戸時代中期以降だという。とは言え、ここでは、「ヒルコ」から「エビス」への転換を経て、「異人を殺せ」という呼び声が、大谷刑部などという病者まで及び、さらに、それが軽い言語障害と知的障害の後遺症を患う山下清まで巻き込んでいる。

ちなみに、「六部」は、六十六部の略で、全国六十六ヵ国の霊地へ法華経を奉納するために回国する僧であり、「座頭」は江戸時代の盲人の階級のことである。殺されたことが多かったという話もよく聞く。ここまで読んでみただけでも、いかにも石毛拓郎が思いを寄せる人々の像がよく分かる。

最新詩集『ガリバーの牛に』のサブタイトルに〈「屑の叙事詩」残響篇〉とあることから考えると、詩集『レプリカ――屑の叙事詩』（一九八五年）に呼応するものとして見ることができよう。歴史の中で、まるで〈屑〉のように扱われる人に対する思いは、必然的に犯罪者や病者、社会的に迫害される存在すべてへ向かう。

一九八一年六月に発生した〝深川通り魔殺人事件〟の犯人である「川俣」は、石毛拓郎の詩集『阿Qのかけら』（一九八三年）の中で、「軍司阿Q」として歩き回る。いや、彼ばかりでなく、追い詰められた人々が、まさに「阿Qのかけら」となって、「拒絶こそ我が人生」というようにして犯罪に向かう。何とも悲惨な人生である。石毛拓郎は、英雄ではなく、決して歴史に取り上げられることはない無名の人々を、比喩的に「阿Q」として語ろうしたので、それが「屑の叙事詩」となり、「レプリカ」となったわけである。

新詩集『ガリバーの牛に』にも、多くの人々が登場する。「残響篇」なので、名のある人が多いが、この連作詩「闇のパラダイス」では、山下画伯や大谷刑部のような有名な人も出てくるものの、先の「ヒルコ」や「エビス」からの展開のように昔話に登場するような存在が中心である。

それは、この時期の石毛拓郎が、詩誌「イエローブック」においての〈間《インター》テクスト性〉というか、他の同人との相互影響を受けたためではないか、というのが私の仮説である。〈間《インター》テクスト性〉という用語は揺らぎの大きい言葉なので、あまり使いたくないものの、ここでは、同じ同人誌であればこそ、同時代的に作品が相互影響を与え、受けるという関係が、「間《インター》」という言葉や、また雑誌での発表という、いわば作品の未完成状態で揺れている、その「テクスト」のイメージに似合うように思えた。ロラン・バルトが言うほどには、それが「意味作用の戯れ」と考えないとしても、「引用の織物」に近いかもしれないと思う。ただ、バルトのように「〈起こる〉のは完全に言語活動だけであり、言語活動の冒険」(『物語の構造分析』)とまでは考えないということだ。と同時に、同人誌の人間関係というような、生臭い相互影響ではないとも指摘したいのである。

たぶん、作品のモティーフ(題材)というか、その内容面では、共に黒田喜夫との縁が深い永井孝史の詩作品と強く共振し、その言語表現面では村嶋正浩の詩作品と深く共鳴している。特に村嶋正浩との関係が濃いのは、この時期が一番かもしれない。作品の中で「。」や、「、」を多用したり、同じ語句のくりかえしや、連そのものを線で囲ってしまうなどと、視覚的な表現の試みの背後に村嶋正浩が潜んでいるとしか思えない。

言うまでもなく、石毛拓郎が、そのように視覚的表現を先鋭化させているのは、ただ言語感覚の開拓にのりだしたというより、表現すべき内容が欲するもののためだった。ビジュアルがもんだいではないということである。そうでなくても、ほとんど物語そのものになりつつあった作品が、なお〈詩〉であろうと〝もがいた〟ためのように見える。

比較のため、この時期の、村嶋正浩と永井孝史の詩作品を掲げておく。まず、村嶋正浩の詩「ぼく　言います」の冒頭部分を引用しよう。連作詩「発熱装置」の一篇である。

ぼく　背筋を伸ばして　声高に言います
机の上の消しゴム　机の上の白い蚊とりマット　机の上の洗濯バサミ
机の上の爪切り　机の上のヤマト糊　机の上の鉛筆削り機
机の上の一直線のひっかき傷の上の西瓜の種の一つ
机の上の二重の僕の影が揺れます
僕　前後に揺れながら
声高に　机の上の前で
ぼ　く　はっきり区切って言います　いうのです

声が響くのが　聞こえます　ぼ　く　ぼく　ぼく
聞こえて　机の上を声が滑っていきます
滑って行くぼくは　すぐさま消える　ぼ　く　です

言葉を〈声〉として扱うことと、目の前の情景をただ〈意味〉もなく即物的に描写する点に注目していただきたい。滑っていく〈声〉をとらえ返すことで、〈言葉〉の文化的な汚れを洗い、まっさらな〈言葉〉で、自らを取り戻そうとしているのである。

次に、永井孝史の詩「山田のなかの一本足のかかし」の最終連を引く。連作詩「ムー大陸にアメがふる」の一篇。

かかしというものは
どうしてどうして山田なの
ほらッ聞えてくるでしょう
〽　山田のなかの一本足のかかし
皆サン

おぼえていますか
この唄の恐ろしげな意味を
山へ追われた非農耕民たちの悲しみを
野だたらを踏む先住民どものル・サンチマンを
かかしといえば
タヌキどもがなんといおうと山田です
アワもサヌキもみな山田
かかしというものは
どうしてどうして赤いのかい
源平屋島の合戦は
平家の旗じるしがなお赤く
かかしは赫子《かかし》とかけばよい
讃岐にかがわ郡、土佐にかがみ郡
赤いかかしは赫《かが》やかしくもうどん打つ
ムー大陸にアメがふる

唄のつづきは
タヌキが腹をポンとうち
〽 天気がよいのにミノカサつけて

ごらんの通り、〈意味〉が〈意味〉を呼び、〈意味〉に溢れながら、まさに「皆サン」に呼びかけるため、道化のように、笑いをとろうと、ほとんど卑俗に、永井孝史が、その〈詩〉のスタイルを確立した作品である。「山へ追われた非農耕民」の姿は、石毛拓郎も見ようとしたものであろう。永井孝史のスタイルは、まあ、〈寓意〉しかないように見えるかもしれないが、その〈寓意〉の深さに隠された、驚くような〝純粋さ〟が持ち味であり、何も〈意味〉で他を圧倒しようというような類ではない。

村嶋正浩の詩「ぼく　言います」も、永井孝史の詩「山田のなかの一本足のかかし」も、詩誌「イエローブック」10号から引いた。ちなみに、のちに詩集としてまとめられた村嶋正浩の『発熱装置』(ワニ・プロダクション・一九九六年六月)に、詩「ぼく　言います」は収録されていない。詩「山田のなかの一本足のかかし」の方は、詩集『ムー大陸にアメがふる』(ワニ・プロダクション・一九九〇年五月)に収録されているものの、詩「かかしがこねる麺を打つ」と改作されている。

まあ、石毛拓郎の連作詩「闇のパラダイス」に戻ろう。中でも、連作二作目の詩「キャバレー桃太郎」は最も先鋭的と言えるかもしれない。

その○とき○
ドン○ブラ○コッコ○ドン○ブラ○コ○
群馬○上野村○の○山奥○から○
巨大な○もも○が○
神流川○を○下り○はじめた○

鬼石○教育委員会○の○「桃太郎」担当○委員○
は○青ざめて○
断じて○桃太郎○は○イケマセン○
てな○こと○おっしゃる○ものだから○
児童○生徒○は○理解○に○窮して○

山岳○の○聖水○は○
なぜ○もも○など○認めた○
ので○ありましょう○か○と○
つい○耳○もとで○ささやいて○しまった○

グンマ○オニシ○
グンマ○オニシ○
つぶやけ○ば○
つぶやけ○ば○
神流川○の○冷水○を○引き連れて○
鬼○を○のせて○
まだ○来ん春○や○春○
いや○いまにも○消え○入り○そうな○水勢○
なのだ○が○
この○流れ○を○辿って○

雲○よ○
霞○よ○
と○捜し○あぐねて○
鬼ヶ島○

この詩には山下清画伯は登場しないのに、「○」が、詩「奇怪なマンガ」に引きずられるように使用され、神話から昔話へと話をつないでいる。「鬼ヶ島」のオニは、「ヒルコ」や「エビス」と同じような存在であることを示していよう。

題名の「キャバレー桃太郎」は、七〇年代に「キャバレー太郎」と呼ばれた人物から思いついたのではないだろうか。

福富太郎（1931～2018）が創業したキャバレー「ハリウッド」は、最盛期に全国に44店舗を構え、実業家としても成功し、「キャバレー太郎」ともてはやされ、テレビ出演だけでなく、映画にも出たりしている。

さて、「オニシ」だが、『角川日本地名大辞典　10　群馬県』（角川書店・一九八八年七月）によれば、おおよそ以下の通りである。古くは「尾西《おにし》」とも称したともあるが、『上毛風土記』

や『上野志』には「鬼子《おにし》」の名も見られるという。別の『上野国志』では、地名の由来として、弘法大師が鬼を調伏した折、鬼の持っていた石を放り投げ、その石が落ちた場所を「鬼石《おにし》」と伝えている。また、『多野郡誌』には、「鬼の太鼓ばち」と呼ばれた石棒など、石器の用材が産出したからとも記されているようだ。十石峠道・三波川道の出入口にあたり、藤岡・新町、また武州秩父・児玉・本庄への交通の要所でもある。

ついでながら、神流川《かんな》は、「利根川水系第2次支川。烏川の支流。多野郡上野村に源を発し、中里村・万場町を東流し、鬼石町付近で北に流れを変え、鬼石町と藤岡市の間は埼玉県の境界を流れ、埼玉県上里町の神流川橋の東で烏川に合流する。」と、先にも示した『角川日本地名大辞典』に記されている。

連想の順序は分からない。「太郎」が「鬼」を呼んだのか、「鬼」が「キャバレー太郎」へ向かって、「神流川」に「桃」を浮かべたのか。

もしくは、「福富太郎」という名に、「エビス」を重ね、その裏側に「ヒルコ」を思い浮かべているのか。福富太郎は昭和二十二年（一九四七年）秋に学校を中退し、飲食店から水商売へ入り、キャバレーのボーイから功成り名遂げたのである。

もう一つ、右の引用には、気になる言葉がある。「まだ○来ん春○や○春○」であり、何だかどこかで見たような、聞いたような詩句だと考えてみたら、「まだ」を「また」にすれば、中原中也ではないか。

また来ん春と人は云ふ
しかし私は辛いのだ
春が来たつて何んになろ
あの子が返つて来るぢやない

中原中也の詩「また来ん春……」の第一連である。一九三七年（昭和十二年）二月の雑誌「文学界」に発表され、詩集『在りし日の歌』に収録されている。「亡き児文也の霊に捧ぐ」という献辞が付された通り、我が子を失った悲しみが、そのまま率直に示されている。

もちろん、中原中也の詩の方は、再び「春が来たつて何んになろ」という深い喪失感に重心があり、石毛拓郎の詩「キャバレー桃太郎」では、やがて成敗される鬼は「まだ」それを知らないのであり、物語を知っている私たちは、鬼の行く末をあらかじめ悲しむということでもあろうか。

バラ科の落葉小高木である「桃」は、邪気を払うとされた。春に花を咲かせるので、「桃の花」は春の季語であり、「桃の実」は秋の季語である。流れて来た「桃の実」から生まれる「桃太郎」は、たぶん、それから何度目かの春に「鬼ヶ島」へ向かうことになる。その「春」を鬼は「まだ」知らない。

決まって○鬼○は○悪○の○象徴○だ○
なに○より○も○もも○たろう○が○まぎれ○
も○なく○桃太郎○で○ある○こと○を○
誇示○する○ため○に○鬼○が○必要○だ○
葬り○去った○鬼○の○怨霊○を○恐れ○
おののく○ゆえ○に○桃太郎○の○お話○に○
後続○は○ない○

詩「キャバレー桃太郎」も長大な作品なので、先の引用から、雑誌の四、五ページほど後の一節を引用した。「鬼」は、桃太郎が「桃太郎」であることを証明するための存在だということとである。そのため、「鬼」は「悪」とされる。ただ、追いやられるだけの存在となる。何なら、それは「阿Q」だと言ってもいい。
詩誌「イエローブック」における、連作詩「闇のパラダイス」の三作目は、詩「舌のおちょん」で前二作に比べると短い。

その、と、き、翁、は、柴、を、川、に、投、げ、い、れ、た、
お、礼、に、わ、た、し、は、雀、の、う、ま、れ、る、桃、鳥、籠、瓜、箱、
を、流、し、た、わ、た、し、
は、桃、か、ら、雀、を、誕、生、さ、せ、ま、す、
鳥、籠、の、な、か、に、雀、が、い、ま、す、
瓜、か、ら、雀、が、生、ま、れ、ま、す、
箱、か、ら、雀、が、出、現、し、ま、す、
あ、の、川、の、ふ、し、ぎ、な、光、が、
わ、る、い、
あ、の、光、の、せ、い、で、川、が、荒、れ、雀、

が、生、ま、れ、な、い、の、で、す、
雀、は、わ、た、し、の、化、身、で、す、
川、上、よ、り、流、れ、て、く、る、も、の、の、な、か、か、ら、
雀、の、も、の、が、た、り、
が、発、生、し、ま、す、
あ、の、川、の、ふ、し、ぎ、な、光、が、わ、る、い、
あ、の、光、の、せ、い、で、川、が、荒、れ、
雀、が、生、ま、れ、に、く、い、の、で、す、
や、は、り、こ、こ、で、も、授、か、り、も、の、は、
お、の、れ、は、水、の、申、し、子、で、す、
お、ち、ょ、ん、
お、ち、ょ、ん、
糊、は、ど、う、し、た、？
お、ち、ょ、ん、
お、ち、ょ、ん、

糊、を、く、わ、え、て、ど、こ、
へ、は、こ、ぼ、う、と、し、た、？
お、ま、え、は、よ、ほ、ど、飢、え、て、い、た、の、か、
そ、れ、と、も……、
飢、え、は、信、心、の、は、じ、め、と、は、
や、は、り、お、ま、え、は、危、な、い、と、こ、ろ、
に、遊、ぶ、し、か、革、命、は、な、い、と、信、じ、た、か、
舌、を、切、ら、れ、て、
声、を、潰、さ、れ、て、
こ、の、雀、が、舌、を、切、ら、れ、た、の、も、
そ、の、光、の、精、か、も、知、れ、な、い、
お、ち、ょ、ん、雀、は、ど、っ、ち、へ、行、っ、た、
舌、き、り、雀、は、ど、っ、ち、へ、い、っ、た、

前二作に比べると短いと言っても、ここまでで、全体の六割ぐらいである。前二作では、お

およそ文節で「。」という記号が区切るような書法であったが、この詩「舌のおちょん」では、一字一字に「、」というように読点《とうてん》を付け、より過激になった。また、そのため分量も増えている。まあ、雀の鳴き声の印象から発想されたのかもしれない。

作品の中身は、おとぎ話の『舌切り雀』である。前作の『桃太郎』からの流れと見るべきであろう。「川上より流れてくるもののなかから／雀のものがたり／が発生します」という詩句から、それは「桃」でもありながら、同時に「鬼」でもあることを暗示しているのか。

追放される者と来訪する者が、「ヒルコ」と「エビス」であり、悪の象徴と成敗する者が、「オニ」と「桃太郎」であるのと同じように、ここでは「雀」が逃亡する者であり、「雀」は自らを迫害する者に復讐し、擁護したものの恩に報いたりもする。災いと富とは、両義的なものであろう。「飢えは信心のはじめとは／やはりおまえは危ないところ／遊ぶしか革命はないと信じたか」などという部分を読むと、阿Qへとつながる政治社会的なもんだいも思い合わせないではいられない。

面白い設定だなと思うのは、「あの川のふしぎな光が／わるい」というところだ。その「ふしぎな光」のために、「雀」が迫害されるとするなら、まさに「雀」が生きる場は「闇」でなければならず、その「闇」に生きるのが「ヒルコ」や「オニ」であり、「阿Q」でもあり、さらに言っていいなら、両義的な存在としての「エビス」も「雀」も「闇」に潜んでいるのではないだろうか。

それにしても、おとぎ話は不思議なものが多い。飼っていた雀が糊をなめたので、飼い主がその雀の舌を切ってしまうという話の背後には、やはり、大きな闇を感じざるを得ない。「おちょん」は雀の名だが、その鳴き声から思い浮かべたものだろう。迫害される弱弱しい声は迫害を逃れ、姿を見せない存在をうかがわせる。その災いは、まるでゲリラ戦のようではないか。

よく「本当は怖い、おとぎ話」などが話題になるが、石毛拓郎さんの詩「舌のおちょん」も、作品の後半では、怖い内容になっているが、それは実際に読んでもらった方がいいだろう。おとぎ話『舌切り雀』の方も、怖いバージョンがある。残酷なところは隠せば隠すほど、さらに、その「闇」を深くしてしまう。

余分な話だが、一般的に五大おとぎ話というのがある。『桃太郎』、『かちかち山』、『猿蟹合戦』、『舌切り雀』、『花咲爺』の五話。さらに、七大おとぎ話というのもあり、五大話に『浦島太郎』と『一寸法師』を加えるのだそうだ。ただ、その七大話の中で、『桃太郎』、『かちかち山』、『猿蟹合戦』、『舌切り雀』が侵略的なので、戦後、金田一春彦がこの四話を『鶴の恩返し』、『笠地蔵』、『わらしべ長者』、『炭焼長者』に、差し替えたと聞いたことがある。

なんとまあ、つまらぬことをしたのだろう。その「侵略的」なところから考え始めなければ、見るべきものも見えなくなってしまうのではないだろうか。

石毛拓郎の連作詩「闇のパラダイス」の材料として、七大おとぎ話を対象とすれば、さらに連作を続けられただろうが、四作目はガラリと作風を変えている。

詩「坂あそび——蜘蛛のレヴュー」には、蜘蛛が登場する。

そのとき十三人の子どもがお手をつないで
そのとき何かとてつもない勢いで
そのときほこりっぽい長屋の路地を
そのときグルグル回っているのです
そのとき輪のなかには鬼が独り哀しい眼をして入ってます
そのとき路地裏から坂をこえて薄暗い切り通しがつづきます
そのとき途中にみごとなクスノキが一本見えてきます
そのときその傍らに洞窟がありそうです
そのとき気が空をまい

そのときあっという間に十三人の塊りは蜘蛛になり
そのとき切り通しをこえました
そのとき洞窟からひんやりした空気が流れてきます
そのとき擂鉢の鐘の音がきこえます
そのときまだ数珠つなぎのままの土蜘蛛の輪は
そのとき呪文のような唄を吐きながら坂に糸を――
そのときめまぐるしくまわりながら擂鉢をたたいています

子どもが手をつなぎ、輪の中に「鬼」がいるので、まずは遊び唄「かごめかごめ」が思い浮かぶ。「かごめ」にはいくつかの説があり、「籠の目」、つまり「籠の編み目」とされたり、「囲め」や「屈め」の訛ったものとか言われる。「鬼」にしても、「籠の中の鳥」を喩えているとも、「囚人」ではないかと考える人もいる。その多義性こそが魅力なのかもしれない。

あるいは、「土蜘蛛」の登場があることから考えれば、ここでは能や歌舞伎の『土蜘蛛』の方をモティーフ（題材）として取り上げるべきであろうか。

大江山の「鬼」退治で有名な源頼光の伝説の一つに、「土蜘蛛」を相手にする話があり、源家相伝の名刀「膝丸」で土蜘蛛を斬りつけ、「蜘蛛切丸」と改名するエピソードとなっている。まあ、「退治」とはいうものの、実際には「弾圧」であり、「虐殺」になるのだろう。追いやられる存在としての「土蜘蛛」は、「鬼」と同じである。そもそも、「土蜘蛛」は古代民族のことを指していたのではなかったか。

そのときヒトメグリシタラセンネンイキヨウ
そのときトウメグリシタラマンネンノビル
そのときヒトメグリシタラジューネンチヂム
そのときトウメグリシタラモトモコモナイ
そのときヒトツツマズイタラコノダイマデモ
そのときフタツツマズイタラマゴノダイマデモ
そのときツチグモトナリテシュウセイノ
そのときウタレタルモノノボーレイクモトナリテ
そのときイマノヨマデコガネニアツマリテ
そのときガイチュウノヒカリヲアツメアラソウテタタカウ

そのとき生臭い風がふいて手がちぎれそうです
そのとき唄いながら坂を下りきると
そのとき急に輪が止まったのです
そのとき（何が起こったのでしょうか）
そのとき子どもらは眼をみはって黙りこくっています
そのときどう数えても確かに十三人つながれているのです
そのときどう考えても一人足りません
そのとき（鬼はどこに消えたのでしょうか）
そのとき坂は一面に蜘蛛の巣がかかっておりましたのに

これが詩「坂あそび」の後半で、短い作品なので全行を引用してしまった。石毛拓郎は副題の「蜘蛛のレヴュー」にある通り、「レヴュー」と表記しているが、「レビュー」とどちらが一般的であろうか。いずれにせよ、フランス語がもとであり、歌と踊りに寸劇を加えた華やかなショーのことだが、元々の言葉の意味は「劇評」や「評論雑誌」のことだったそうだ。学校で「レヴューエクササイズ」といったら「復習問題」や「練習問題」のことでもある。

石毛拓郎には、そもそも〈詩〉から逸脱する傾向があり、〈詩〉ではなく〈物語〉で構わないというところがあるので、「歌と踊りに寸劇を加えた」という点は、それこそ狙い通りなのかもしれない。

この詩「坂あそび」では、各行の冒頭の「そのとき」が視覚的な実験の試みであるが、連作詩「闇のパラダイス」の前三作に比べると、ややインパクトに欠ける。神話からおとぎ話へと展開し、さらに能や歌舞伎まで題材を広げるなら、連作は、どのようにでも展開できそうだが、まあ、ことは機械的に進むわけもない。あるいは、他の詩誌等に関連する作品があるかもしれないが、連作詩「闇のパラダイス」の試みはここまでである。

連作詩の第五作目、詩「あれが大砲ひいてやってくる」は、形式的には詩「坂あそび」を踏襲しながら、急カーブを描いて〈現実〉へ向かう。

あれはそこにでてくるだけで
あれは哀しさがひとつのかたちとなる
あれはなにひとつみえていないのに
あれはそれぞれ独自のいきもののように

あれはわたしのまわりを歩きだしてくる
あれは卑しめられたものの哀しみが
あれは入間鍵山忍足輪業の
あれはバイク
あれは福助をのせてはしる
あれは哀しさをうちに秘めて
あれは人の世に熱あれ
あれは人間に光あれ
あれは異形の蓑のほこりをまとってやってくる
あれは大阪の町を大砲ひいて歩いた
あれは大塩中斎の大志をおもうとき
あれはその身が
あれはそこにあらわれるだけで
あれはひとつのかたちをつくりだすだろう
あれは大砲ひいて歩いた身が

あれは異形とよばれたもののむこうがわへと
あれはあたしをつれだしてくれる

詩「あれが大砲ひいてやってくる」の冒頭から、作品全体の半分ぐらいを引用した。「あれ」は、「そこにでてくるだけで／哀しさがひとつのかたちとなる／なにひとつみえていないのに／それぞれ独自のいきもののように／あたしのまわりを歩きだしてくる」何かである。

私はこの詩を見渡しながら、何だか黒田喜夫の詩「空想ゲリラ」でも読んでいるような気さえした。あるいはまた、同じく詩「毒虫飼育」に登場する「おふくろ」が、「おまえの夢が戻ってきたのかえ」という声に反応している「ぼく」の、その脳内を、「あれが大砲ひいてやってくる」ようにも思えたのである。

大塩平八郎（1793〜1837）について、特に説明は不要だろうが、念のため『広辞苑』五版をのぞいておく。「江戸後期の陽明学者。大阪町奉行所の与力。諱《いみな》は正高、のち後素《としもと》。号は中斎。家塾を洗心洞と名づけた。大阪天満（一説に阿波）生れ。天保の飢饉に救済を町奉行に請うが、入れられず、蔵書を売り払い窮民を救う。天保八年（一八三七）二月一九日大阪に救民・幕政批判の兵を挙げ、敗れて潜伏後、放火して自殺。」と、ある。著書は割愛した。

詩の中の「異形」という一語だけでも、連作詩「闇のパラダイス」における詩「奇怪なマンガ」の「ヒルコ」などへつながるものの、神話からおとぎ話、能や歌舞伎へと素材を求めていたことから、反転して、鋭く〈現実〉へ向かったようで驚かされる。それこそ、歌と踊りに寸劇を加えた華やかショーのような、詩「奇怪なマンガ」や「キャバレー桃太郎」から、なんとまあ、急カーブであることよ。

石毛拓郎は、現実的な強い思いがありながら、もちろん、それをそのまま書いたところで〈詩〉にならないことも分かっている。たとえば、評論として論じた方がいいかもしれないことを、あえて〈詩〉とするのは、表現の強度のもんだいだと言っていいかもしれない。

逆に言えば、現実的な話題を扱いながら、ただ自らの感情を吐き出すのではなく、もしくは読み捨てられる新聞や雑誌などの言葉でもなく、もっと心の深部へととどく表現をこそ、石毛拓郎は求めているようにみえる。

おそらくは、黒田喜夫の〈詩〉にとらわれたことが、石毛拓郎を〈現実〉へ向かわせるとともに、それを〈詩〉として示したいと考えさせたのではないだろうか。

黒田喜夫の全詩集・全評論集『詩と反詩』（勁草書房・一九六八年五月）の推薦文で、埴谷雄高は「空しい無意味ばかりを積む小さな精神の徒労がいわゆる詩だと思い慣らされて来たものは、黒田喜夫の詩に接すると、自然と生の実体が隙間もなくつまったその確実性に驚かされる。」(初出は、「現代詩手帖」一九六三年四月号)と書いた。そのように、〈詩〉というものは、「小さな精神」によるのではなく、「自然と生の実体が隙間もなくつまった」何かでなければならぬ、と石毛拓郎は考えているというのが、私の〝見立て〟である。

詩「坂あそび」が、特に詩「奇怪なマンガ——多島海のヒルコ」や「キャバレー桃太郎」と比べて、「レヴュー」としながらも、その作品の広さを感じないのは、〈現実〉の〈人物〉や、現実にある地名などとの対決がないためだと思われる。〈詩〉の中に、不用意に〈現実〉のあれこれを持ち込むことは、作品を薄っぺらにする。場合によっては、作品を壊す。〈現実〉などを無視した方が〈詩〉の純度は上がるのは当然であろう。たとえそれが「空しい無意味ばかりを積む小さな精神の徒労」となったとしても、場合によっては、〈現実〉をひっくり返すようなことも全くないわけでもない。とは言うものの、ほとんどは「徒労」で終わるであろう。まあ、「徒労」に終わっても、それは〈詩〉のように見えないでもない。それに引き換え、不用意に〈現実〉を持ち込んだ場合は〈詩〉にも見えないわけだから、さてどちらいいのか、難しいところだ。

石毛拓郎の、果敢な試みも、少しでも緊張がなくなると、自然過程として「小さな精神の徒労」

へ向かってしまう。それが連作詩「闇のパラダイス」の前二作から詩「坂あそび」への展開のようにみえる。詩「あれが大砲ひいてやってくる」は佳作だと信じるが、「小さな精神」だと言えないでもない。本当は、もっと別の書き方があるはずだ、と彼自身が身を捩っていたのが、今ならよく見える。いやいや、この連作詩「闇のパラダイス」にこだわらなければ、私などは、詩「あれが大砲ひいてやってくる」だけでも十分である。

石毛拓郎が、詩誌「イエローブック」各号において、永井孝史や村嶋正浩との〈間《インター》テクスト性〉というか、相互影響の中で、どれほど悪戦苦闘しているか、その連作詩シリーズの変遷を見るだけでも分かる。それは、永井孝史が「連赤以降のクスノキ正成」、「ムー大陸にアメがふる」の連作詩シリーズを、村嶋正浩が「見知らぬ人々の肖像」、「発熱装置」の連作詩シリーズを淡々と続けたことと対照的であろう。

ついでながら、前に触れた詩集『ムー大陸にアメがふる』と詩集『発熱装置』以外の、刊行された詩集にも触れておく。タイトルの「クスノキ」を平仮名にした詩集『連赤以降のくすのき正成』（連赤以降のくすのき正成　印刷製本委員会・一九八六年七月）はガリ版刷りだった。後に、永井孝史の詩集『清盛のペルシャ』（澪標・二〇一三年四月）に、二十七年ぶりに復刻し、付録として収録されている。私は〝ガリ版刷り詩集〟の印象の方が強い。村嶋正浩詩集『見知らぬ人々の肖像』（ワニ・プロダクション・一九八五年十月）には、書誌一覧が付いていて、それによると、詩誌「イエローブック」に発表したのは1号から3号までの三篇のみである。

石毛拓郎の連作詩シリーズの変遷を見る。

1号　『とうせいやまいそうし』連作のうち「フリークスの没落」
2号　『とうせいやまいそうし』連作のうち「ゲンカイブツ」
3号　『レプリカ』連作のうち「屑屋自動機械」
4号　『レプリカ』連作のうち「ふしぎじくう」
12号　厄除け詩集『中秋の名月』連作から「噂の印象」
13号　厄除け詩集『屑はなにゆえに寒なりや』連作のうち「麗郷を見にいく」
15号　厄除け詩集『星降る街は寒なりや』連作のうち「笑うべきかヲコ」

18号　「恋唄」・1988.8.22　「ねむりな」
19号　『惑星ジューンの彼方へ』1988.11.13　「魔法のとけた麒麟」
20号　『惑星ジェーンの彼方へ』1989.1.25　「ダーウィンのヒント」
21号　『赤ずきんちゃんの方舟』連作から　「森の誘惑」
22号　『赤ずきんちゃんの方舟』1989.8.5　「オチュンドラルキングは暁を」

これらの連作の中から、実際に刊行されたのは、詩集『惑星ジューンの彼方へ』(れんが書房新社・一九八九年八月)のみである。もちろん、何らかの連作がない場合でも、石毛拓郎は毎号欠かすことなく詩作品を掲載しているし、刊行された『惑星ジューンの彼方へ』を見ると、当然のことながら詩誌「イエローブック」以外の雑誌等に作品を発表していることが分かるが、残念ながら、それらすべての初出を確認できない。既に述べたように、石毛拓郎の詩的活動の在り方から想像して、その行方を追うことができないものの方が多いだろう。

見ていただきたいのは、ただただ石毛拓郎の悪戦苦闘ぶりだけである。比べていただいて明らかな通り、詩誌「イエローブック」においては、連作詩「闇のパラダイス」が他の連作に比べ、その規模が大きいことにも注意したい。さらに、つけ加えれば、「イエローブック」12号の、石毛拓郎の詩「噂の印象」は、各行の冒頭部分の全てを「きっと」で始めている点で、詩「坂あそび」に似ているので、連作「闇のパラダイス」に含めても悪くなさそうであり、さらに、「イエローブック」6号に掲載されている詩「白兎パラダイス」は、『常陸風土記』を背景にしているので、『古事記』をモティーフ（題材）とした詩「奇妙なマンガ」と地続きとも言えそうであり、これも連作詩「闇のパラダイス」の一篇として含めて考えられなくもない。
詩「白兎パラダイス」の冒頭部分を引いてみよう。

そのとき、
林家三平は、東急沿線綱島温泉のラブホテル
で、
新婚初夜をむかえんとしていた。
「もく星号」

応答せよ、応答せよ、
応答せよ、応答せよ、
――いやあ、三平さん、のぼり調子はケッコウ、ケッコウ。しかし、イナバの白兎をつかまえて、軽薄なやつ、だとおっしゃるのは、まずいですよ、それは。
大辻司郎が、問います。
問いつつ、思わず、
――いやあ、九死に一生を得たデス。
三平、新妻のかわを剝ぎながら
白兎の、試煉を
――なぜ、白なんだ。
白兎の皮ひんむいた、ワ、ニ、
ワニ――和邇。
――もう大変なんですから、どうも、すイ

ません。伊豆大島の三原山に、大辻司郎さん墜落………これは、まずいですよ、これは。

〽遠くチラ〳〵灯りがゆれる
あれは「もく星号」こちらを見れば
誰を待つじの白兎
海にひと声ひと煙
波が鳴く春の三原山

麻績王、罪有り因幡に流す。
(いづこの、イナバ、か)
一の子をば、伊豆島に流す。
一の子をば、血鹿島に流す。
イナバ、白兎
インバ、白兎
イラゴ、白兎

イタカ、白兎
イタコ、白兎

これこそレビューではないか。歌と踊りに寸劇まで加えて、初代・林家三平（1925〜1980）や初代・大辻司郎（1896〜1952）も登場し賑やかに、ちゃんと「もく星号」事件がからみ、戦後の〈現実〉へと向かう。賞味期限が最も短い時事的なことと、神話とをからめることで、何かを見ようとしているのだ。

詩篇には、『常陸風土記』からの「飛鳥の浄見原の天皇の御代に、追放された麻績王《をみのおほきみ》が常陸國板来村に住んでいた。」という、エピグラフが掲げられている。「追放」という一語だけで、連作詩「闇のパラダイス」の世界へと、間違いなくつながる。「常陸《ひたち》」は、石毛拓郎の生まれた茨城県鹿島郡波崎町を含んでいるのでもあろう。

まず、麻績王は七世紀の皇族。「麻続王」「麻積王」の表記もある。『日本書紀』に「三位麻続王に罪あり、因幡に流した」とある。また、麻績王の子の一人を伊豆大島に流罪とか、もう一人の子を血鹿島（長崎県五島列島）に流したという記述もある。

また、イナバは因幡、インバは印旛、イラゴは伊良湖、イタコは潮来であろうか。イタカが分からない。

もんだいの「もく星号事件」は、一九五二年（昭和三十七年）四月九日に、日本航空機が伊豆大島に墜落し、搭乗者が全員死亡したというものである。ただ、当時、日本で許されたのは営業面だけで、航空機もパイロットもアメリカの航空会社から借り受けたものであった。また、その墜落の原因にも不可解な点が多く、憶測が憶測を呼び、生還した大辻司郎の談話が出るという誤報もあったり、謎の事件となっている。

松本清張は、一九六〇年（昭和三十五年）の一月から一年間、ノンフィクション『日本の黒い霧』を「文藝春秋」誌に連載する。すなわち、「下山国鉄総裁謀殺論」「『もく星』号遭難事件」「二大疑獄事件」「白鳥事件」「ラストヴォロフ事件」「革命を売る男・伊藤律」「征服者とダイアモンド」「帝銀事件の謎」「鹿地亘事件」「推理・松川事件」「追放とレッド・パージ」「謀略朝鮮戦争」という十二のタイトルを見渡しただけでも、あれこれ考えさせられる。

イナバの白兎の話については、詳しく触れる必要はないだろう。向こう岸に渡りたくて鮫をだます。ところが、ウソがばれて、兎は鮫に皮を剝がされてしまうわけだ。もともと南方系の話のようで、鮫は鰐であったと聞いたことがある。右に引用した詩篇でも和邇《ワニ》とあり、但し、『風土記』等に登場する「和邇」は海の怪物のような扱いである。

落語家の林家三平が結婚したのは、確かに、この時期であり、そこに「もく星号事件」がからみ、〝漫談家〟の草分けである大辻司郎も連想されたか、もしくは、大辻司郎の死から、その時に結婚した林家三平が思い浮かんだのか分からないが、いずれにせよ、その真ん中に「もく星号事件」がある。

その「もく星号事件」から、「追放された麻績王」へイメージが展開したのか、その逆であるか、また、「追放」から「白兎」が皮を剝がされることへ連想が広がったか、その逆であるか、どこがどうつながったのか、結局のところ、右の引用のような詩篇となった。

いやいや、そこで渦巻く何とも名づけられないような思いこそが、石毛拓郎の〈詩〉なのではないだろうか。

怒りでもあり、お笑いでもあり、どこにもぶつけられないような、胸の奥底にあるものを、本当に、どのように表現すればよいのだろう。どうにも説明のつかない怒りは、お笑いになるしかないとしても、それは笑って済まされるわけもなく、追いやられる者は、なぜ追いやられるのか、怒りはどうすれば怒りとして示すことができるのか、言葉は渦巻く。

さて、ここで初代・林家三平が出ている詩「白兎パラダイス」を引用したのには、訳がある。なんと、詩集『ガリバーの牛に』(紫陽社・二〇二二年六月)の冒頭の詩「渚の塹壕にて」にも、若き日の林家三平が登場しているのだ。

すっかり　忘れていまいか
原民喜の「ガリバーの馬」というやつだ
原爆に遭遇した　すぐ後に
ひょっと　見たら
むこうの原っぱに　馬が繋がれている
馬は　ゆうぜんと草を食べている
哲人のような馬の　敗戦のすがた
ははぁ　すっかり忘れていた
淫猥で　野蛮な人間がうろたえている
うう――ん　やりきれないなぁ

これが第一連、実は、この詩の表題の左側には、まるで詞書のように「――1945・8・15　下総椿海の『ガリバーの牛』と共にむかえた一兵卒・初代林家三平、敗戦の姿。」とある。実際に、一九四五年（昭和二十年）三月に、二十歳の林家三平は、本土決戦部隊の一員として陸軍に徴兵された。

もちろん、ここで私がまず指摘しなければならないのは「ガリバーの馬」の方であろう。私のような小心者には、こんな風に、ぶっきらぼうに「原民喜の『ガリバーの馬』というやつだ」とか、何の説明も加えないまま言い放ち、それを「ガリバーの牛」へと捻ってみせる芸当など思いもつかない。分かる人はわかるだろうし、分からない人は永遠に分からないということだ。

原民喜というと、どうしても「原爆文学」というイメージが先行するが、ジョナサン・スウィフトの『ガリバー旅行記』を訳していることを忘れている人が多い。特に、原民喜の訳にこだわらなくてもよいにせよ、なんとまあ、今、その原民喜＝訳が「青空文庫」によって無料で読める。最初の小人国は誰でも知っていようが、その先の旅を読む人は少ない。

もちろん、石毛拓郎が直接的に指し示しているのは、その死後、一九五一年（昭和二十六年）の雑誌「近代文学」四月号に掲載された、「ガリヴァ旅行記」という短文である。そこで、広島での被爆後、「その馬は負傷もしてゐないのに、ひどく愁然と哲人のごとく首をうなだれゐました。」と、原民喜は書いている。また、ほぼ同じ内容の「一匹の馬」という小さなエッセイもある。こちらは、初出誌未詳。それらを読むなら、全集以外では『日本の原爆文学①

原民喜』(ほるぷ出版・一九八三年八月)が便利だ。いずれにせよ、背景にあるのはジョナサン・スウィフトの原作小説『ガリバー旅行記』であろう。

第一　小人国(リリパット)
第二　大人国(ブロブディンナグ)
第三　飛島(ラピュタ)
第四　馬の国(フウイヌム)

この「馬の国」が、石毛拓郎が言うところの、「原民喜の『ガリバーの馬』というやつだ」の本質である。「哲人のような馬」とある通り、この国は「理性の国」なので、たとえば「戦争」などというものを、「馬」は全く理解できない。そのため、ガリバーは、なぜ戦争が人間社会で起こるのか、悪戦苦闘して説明するはめになる。まさに、「淫猥で　野蛮な人間がうろたえている」ということだ。
原民喜には、詩「ガリヴァの歌」という作品もある。

必死で逃げてゆくガリヴァにとつて
巨大な雲は真紅に灼けただれ
その雲の裂け目より
屍体はパラパラと転がり墜つ
轟然と憫然と宇宙は沈黙す

されど後より後より追まくつてくる
ヤーフどもの哄笑と脅迫の爪
いかなればかくも生の恥辱に耐へて
生きながらへん　と叫ばんとすれど
その声は馬のいななきとなりて悶絶す

ここには、原民喜が、まるでガリヴァ（ガリバー）自身となって被爆したかのような切迫感がある。「ヤーフ」とは何者で、なぜ「生きながらへん」と思うガリヴァの声が「馬のいななき」となるのか、『ガリバー旅行記』の読者なら痛いほどに分かるだろう。右の引用は、日本現代詩文庫100『原民喜詩集』(土曜美術社出版販売・一九九四年十二月)に拠った。彼の小説も、〈詩〉として読んだ方がいいようにも思う。いや、ジャンルの境界などないとすべきか。

原民喜についても、たとえば、梯久美子『原民喜』(岩波新書・二〇一八年七月)を手がかりに、あれこれ考えてみたくもなるが、話を『ガリバー旅行記』に戻そう。

ラピュタというと、今では、宮崎駿=監督のアニメ『天空の城ラピュタ』(一九八六年)となってしまう。そうだ、映画『猿の惑星』(フランクリン・J・シャフナー=監督・一九六八年)なども、『馬の惑星』という映画にすれば良かったのではないか。

たぶん、「猿」の方が映像化しやすかっただけのことだろう。『猿の惑星』シリーズは好きになれないが、チャールトン・ヘストンが主演した、第一作の『猿の惑星』だけは、どこか、「馬の国(フウイヌム)」を思い合わせたいところがある。

スイフトが描く「馬の国(フウイヌム)」では、人間は「ヤーフ」と呼ばれ、毛深い、下等な動物に過ぎない。逆に、まるで理性をそなえていそうな「馬」は、ガリバーを見て、彼が「ヤーフ」に似ていて驚く。「馬」はガリバーに「フウイヌム」という「馬の国」の言葉を教え、ガリバーが口まねすると感心する。三ヶ月ほどたって、どうにか「馬」との会話が一定以上のレベルになったところで、ガリバーが「どうやって理性のある動物のまねができるのか」が問われるところが皮肉だ。

ガリバーは、その後二年にわたって、自分の生まれたイギリスについて説明したりするものの、「馬の国（フウイヌム）」にはない、権力、政府、戦争、法律、刑罰などという事柄を「馬」に理解してもらうため骨を折る。特に、なぜ国と国とが戦争するのか、また、金銭についても説明したが、「馬」に理解してもらえない。

ガリバーは、この「馬の国（フウイヌム）」の住民に感銘を受けている。自分が少しでも価値のある知識を持っているとすれば、それはすべて彼らの話をきいて得たものだと言うくらいである。果てには、湖や泉に映る自分の姿が「ヤーフ」そっくりで、思わずぞっとしてしまう場面が、なんとも逆説的だ。

もっとも、この「馬の国（フウイヌム）」がユートピアかと言えば、必ずしも、そうとも言えない点もあるのだが、ここでは触れない。必ずしも理性は万能ではなく、それが行き過ぎると危険であることぐらい、作者のスイフトも承知している。

九十九里刑部岬を眺望する　飯岡の浜で
来る日も来る日も　塹壕堀り

墓穴に身を挺していた　若き勇者・林家三平は
陶器製の地雷を　抱え
尻に「肥後守」を刺して　眠気を払っていた
戦車揚陸艦が　上陸の気配をうかがって
つぎは　この浜から〔本土決戦だ！〕と
東京大空襲の噂を耳にいれてから　三平は覚悟した
今にも　敵兵上陸作戦の決行があるだろうと――
水平線を埋めつくした　爆撃艦隊が
母艦の隊列を　組み直して
青い海を安房の方へ　ゆるりと移動していく
忘れがたい　夢のようなそのすがたを
塹壕堀り　火急休息のときに
ぼんやりと　眺めていた

短い第二連を飛ばして、第三連の前半部分を引いた。飛ばしてみたものの、よく考えると、飛ばしたがゆえに第二連が重要であることが分かる。第二連の「体験の記憶とか回想なんてなんとも無力で――」でという指摘は、私たちが「ガリバーの馬」を忘れてはいないか、という疑義となり、もしくは抗議ともなり、「記憶を予言へ転換していく」必要に言及しているのだろう。連作詩「闇のパラダイス」の頃と比べると、穏やかな語り口だが、その立ち位置は変わらない。

余分なことだが、「肥後守《ひごのかみ》」は、太平洋戦争前から使われている、簡易折りたたみ式ナイフ。登録商標であるが、同形状のナイフの総称ともなった。

結局のところ、「負け戦さ」になった後は、次の通りである。

ずるけて「玉音放送」を　聞かなかった
上官の命令！　で　墓穴に　地雷を埋めにかかったとき
あっけなく　負け戦さを悟った
飯岡浜の塹壕から　手ぶらで這い出して
海上椿海がつづく　干潟の草むらで
すっかり　その乳房にお世話になっている

「ガリバーの牛」を見つけた
だれかが息抜きに　洒落て　名づけたのだ
うなかみの干潟　その椿の海のかたすみで
いつものように　草を食んでいるのを
三平は　敗戦の涙もなく　黙って見ていた
野蛮で　淫猥なおれたちなどに
お構いもなく
哲人のような牛の　そのすがたを――。

これが、第三連の末尾部分である。そして、詩集『ガリバーの牛に』の二篇目が、タイトル詩「ガリバーの牛に」となるが、まあ、ここまででいいだろう。言うまでもなく、『ガリバー旅行記』でも、「馬の国」で牛乳を飲む場面がある。詩集『ガリバーの牛に』全体を論評する前に力が尽きた。

最後に、これも余分なことだが、「椿海」は、九十九里平野北端にあった、楕円形の淡水湖。近世初期まで下総の海上《うなかみ》郡・香取郡・匝瑳《そうさ》郡の三郡にわたる湖面であったという。干拓で消滅。

香取と鹿島の二神が鬼退治した時、鬼が応戦ために椿の大木を引き抜いた跡が湖水になったという伝説があるとも聞く。ここに「鬼」が出てくるだけで、私としては、もう充分なのだ。これは、石毛拓郎にとって、黒田喜夫の詩「燃えるキリン」と同じ意味を持っているかもしれない。この有名な初期詩篇「燃えるキリン」を引用したいところだが、長くなるので止める。いや、やはり、冒頭部分だけでも思い出してもらおう。

燃えるキリンの話しを聴いた
燃えるキリンが欲しかった
どこかの国の絵かきが燃やした
ながい首をまく炎の色
その色が欲しかった
藁で作った玩具の馬に火をつけた
にぶく煙り
残ったのは藁の灰の匂い
それから外に走りでた

泣いているのは悲しいからじゃない
燃えるキリンが欲しいだけ
だが見えるのは渋に燃える桑の葉
死んだ蚕をくわえて桑園から逃げる猫
我慢ができない
世界のどこかでキリンが燃える
燃えるキリンが欲しいと叫びだした

これが、〈詩〉的な喩というものであろう。

ここにも、〈現実〉に傷つく者がいて、それから逃れるために「燃えるキリン」を夢想し、未熟な試みで、〈現実〉からしっぺ返しを受けたりもしている。まるで阿Qのようではないか。

言うまでもなく、「燃えるキリン」が革命とか、反逆などを〈意味〉するというような、〝絵解き〟は好まない。「燃えるキリン」は、「燃えるキリン」であるというしかない。その表現の〝不可能性そのものの苛烈さと美しさ〟が私を撃つ。私の中の、存在としての不安な意識を射抜き、自分が生きている実感を呼び起こす。生きるということは、必ずしも、実利と道徳のためだけではあるまい。

　追放される者がいたり、追い立てられ、戦わされたりし、「負け戦さ」の後の林家三平が、「ガリバーの馬」ならぬ「哲人のような牛」の姿を黙って見ているように、人はただ自らであることを求めたり、また、本当に生きるためにこそ「燃えるキリン」が欲しいとも思ったりするに違いない。そういう表現を、たとえば〈真珠〉と呼ぶべきだろう。

　詩「燃えるキリン」で求められる強く熱い思いと、詩「ガリバーの牛に」に込められた、平穏無事への願いが、どうして別であろうか。

阿Qとは誰か？

——詩集『阿Qのかけら』論

石毛拓郎が、深川通り魔殺人事件を材料にして詩を書いたのは、一九八一年（昭和五十六年）八月発表の「狂笑の蛇」が最初ではないだろうか。もっとも、作品の発表順と制作順は必ずしも一致するわけでもないから、翌年六月に発表された詩「お茶の間の流儀」や詩「さらば愛しき大地」なども、ほぼ同時期に出来ていたのかもしれない。

なぜ、そんな瑣末なことにこだわるのかと言えば、深川通り魔殺人事件が発生したのが、一九八一年（昭和五十六年）六月十七日午前11時35分だったからである。つまり、八月に発表された詩「狂笑の蛇」の初出誌は季刊の会員誌『詩的現代』であるが、どんなに少なく見積もっても、印刷・発行まで一ヵ月以上かかるとすれば、本当に事件発生の直後に、それも極めて短時間の間に、石毛拓郎はそれを材料に一定量の詩篇を書いたと思われるのだ。さらに、詩集『阿

Qのかけら』（一風堂）が刊行されたのは、一九八三年六月である。収録された十四篇の全てが深川通り魔殺人事件に関連しているわけではないが、作品の主題は互いに響き合っている。ちなみに、詩「お茶の間の流儀」の初出は『現代詩手帖』（一九八二年六月号）であり、詩「さらば愛しき大地」の初出は『傾向報知』（一九八二年六月）であり、同人誌の『傾向報知』はさておき、商業誌の『現代詩手帖』などは依頼から発表まで、最低三ヵ月以上見なければならないだろう。

ということは、二篇の詩は、遅くとも一九八二年三月あたりまでには出来ていたと考えられる。さらに、詩「突出症候群に紛れる」（詩誌『傾向報知』一九八三年二月）や詩「夢は枯野を」（『社会新報』一九八二年十二月十日）などを合わせると、少なくとも一九八二年末あたりまでには、軍司阿Qが登場する作品を集中的に書き継いでいることになる。

たぶん石毛拓郎はそれほどに、深川通り魔殺人事件に対して強い衝撃を受けたのだと思う。理由の一つは、犯人が同郷の人物であったということになろうか。しかし、それが分かるまで、若干のタイムラグがあると考えれば、やはり、事件そのものの衝撃を第一に挙げるべきだろう。『深川通り魔殺人事件』というドキュメント小説も書いている佐木隆三の『わたしが出会った殺人者たち』から、少し引用してみる。

《わたしは東京の自宅でテレビをつけ、半袖シャツとブリーフ姿で取り押さえられた川俣軍司が、憤怒の形相で護送車に乗るシーンに強烈な印象を受けた。それまで犯人逮捕の瞬間を、さまざまな媒体で目撃してきたが、これほどショッキングなのは珍しい。／なにしろ数時間前に、幼児二人をふくむ四人を殺害して、主婦二人を負傷させたのである。そうして中華料理店の調理場の奥の和室で、人質に取った女性を死の恐怖に陥れ、十数人を指名して「連れてこい」と要求した。スキを見て警察が取り押さえ、自殺防止のサルグツワを嚙ませられ、なお憤怒の形相であったのはなんのためか。わたしは嫌悪感のなかで、こだわらずにはいられなかった。》

私も同じテレビを、リアルタイムで見た。どう考えても、同情を寄せるべき犯人ではないが、と同時に、川俣軍司の「憤怒の形相」に目を背けることができないものを感じた。言ってみるなら、それは、私たちの心の底に隠されている怒りにどこかでつながっているような恐れを、私たち自身が感じてしまうような種類のものだった気がする。ブリーフ姿というのは、どこか滑稽な感じがするはずだが、川俣軍司の「憤怒の形相」がそれに勝って、異様さばかりが前面に出ていたという記憶もある。もちろん、私自身は日常の忙しさに紛れ、「憤怒の形相」の異様さはそのままにして忘れ去ってしまう。
ところが、石毛拓郎は、同郷ということを一つのきっかけにして、「憤怒の形相」の向こう側に向かうのである。

常陸鹿島の南
安是ノ湖の葦原に棲んでいた一匹の蛇が
神之池の川尻から
流浪の果てに辿りつく府中刑務所
仮出所のさなか
江東区森下神明前の路上で
白昼堂々
赤い舌をチロチロ
牙をむきだし
婦子供に襲いかかる
なにが粋かよ板前修業

大蛇は小蛇を呑む

涙の果てに笑いがくる
笑いの果てに狂気がくる

安是ノ湖川尻の蛇や
追いつめられて次三男坊阿Q
蛇や蛇

安是ノ湖の蛇や
いまにお客がくるから
夜具や蒲団やたたんで置きやれ
はいはい烏か狐か蝶々蜻蛉か
屏風にぱーさぱさ
鬼が餅つきや閻魔がこねる
後で鬼がたべたがる

蛇や蛇
安是ノ湖の蛇や
今夜は何処に宿りましょう
父母の家にとまりましょう
父母の家にゃ犬がいる
ワンワーンと人おどす
今夜は何処に宿りましょう
兄の家にとまりましょう
兄の家にゃ猫がいて
ニヤンニヤーンと人おどす
歩け
歩けとせめられて
歩くうちに日が暮れる
蛇や蛇
安是ノ湖の蛇や

共感なんぞ糞喰え
別に悪いとは思わぬぞ
キッコーマン野田の里に花咲く霊波の光
拒絶こそ我が人生
霊波城主の云うことにゃ
現世病草紙をわしが書く

詩「狂笑の蛇」の前半部を長々と引用した。たぶん作者は、事件に衝撃を受けながらも、自分の心が何に共振しているのか分からず、手探りで書いているといった印象がある。石毛拓郎はテレビ映像を見た後、新聞等で確認したのだろう。川俣軍司の出身地を知り、彼の頭には「安是ノ湖の葦原」の光景が浮かんだにちがいない。軍司の心に潜んでいた狂気を、ここでは「蛇」に例え、知り得た情報により、「板前修業」をしたり、「府中刑務所」に入った事実や、「三男坊」であり、「父母の家」へも「兄の家」へも行けない状況が示される。

実は、この詩には「川俣軍司阿Qに」という献辞が付いている。詩の中に、「共感なんぞ糞喰え」と対句のように、「拒絶こそ我が人生」という一句が見える。たぶん、石毛拓郎は、川俣軍司の「憤怒の形相」に衝撃を受け、その向こう側に「拒絶」を見たのではないだろうか。詩作品としての出来不出来ではなく、自らの衝撃の核心にあるものが「拒絶」だと気づいたところがもんだいなのだと思う。

集団就職で寿司屋に勤めるものの、辛抱が利かず、あれよあれよという間に転落し、刺青を入れ、刑務所にも入ることになる。どうみても、褒められた生き方ではない。

ただ、その姿に「阿Q」を重ね合わせ、「妄想」を膨らませたところに――それがどんなに〝いびつ〟であろうと、石毛拓郎の手柄がある。

「阿Q」は言うまでもなく、魯迅の小説『阿Q正伝』の主人公である。どうも、魯迅の郷里にいた実在の人物をモデルにしたようだが、必ずしも中国のみならず、人間そのものの奴隷根性を典型的に描いたものとすることができるだろう。

阿Qは、麦刈りや米搗きなどの賃仕事をしている最下層の農民で、愚かなくせに気位が高い。喧嘩をして人に殴られても、「せがれに負けたようなものだ。世の中はさかさまだ」と考えたり、嫌なことを「忘れる」という「精神的勝利法」ですましている。小説はちょうど辛亥革命を背景として、阿Qは「革命だ革命だ」と騒ぎまわるが、結局は銃殺の刑を受けるはめになる。魯迅の弟の周作人は「ここには一点の光も空気もなく、到るところ愚と悪のみであり、それが笑うべきまで極端だ。悲憤と絶望をユーモアに託したのである」と言っているそうだ。あるいは、魯迅自身の「随感録」六十五の、次のような部分が、阿Qをよく説明してくれているかもしれない。抄訳を掲げる

《暴君治下の臣民は、たいてい暴君より暴である。……

暴君の臣民は、暴政が他人の頭上にふるわれるのを欲し、自分はそれを見て喜び、〈残酷〉を娯楽とし、〈他人の苦痛〉を鑑賞し、慰安とする。

自分の手腕はただ〈幸いに免れる〉ことにすぎない。

〈幸いに免れた〉者のなかから、つぎの生贄が選び出され、暴君治下の臣民の、血に渇いた欲望に供される。それがだれになるかは分からぬ。死んだ者が〈ああ〉と言い、のこった者がよろこぶのだ。》（一九一八年、後に短評集『熱風』（一九二五年）に収録。）


まさに、阿Qは銃殺刑の時になって、初めて「ああ」と言うのだ。阿Qは、まちがいなく「愚」であり、「悪」である。だが、石毛拓郎が見ようとしているのは、そういう阿Qという存在そのものに対する「悲憤」と「絶望」なのだと言ったらいいであろうか。本当は、そこに「ユー

モア」があればよかったのかもしれないが、石毛拓郎の妄想は重い現実の方へ向かう。

箸を二本まとめてにぎりこんで突き刺す
このとき二本の箸は
一本の棒である
一本の棒が道具の始まりだったからといって
すぐさま労働や遊びの用むきから考案されたと
結論づけてはうまくない
二本の箸を
一本にまとめてにぎりこんで喰い物めがけて威勢よく
突き刺す
茶の間の家族は知らない
喰い物をつらぬき
皿を射抜くほどの子どもの箸の握りしめかた

二本が一本に変形した箸に
じっとりとねばりつく手の汗
そのとき子どもの手は兇器を知る

石毛拓郎が詩集『阿Qのかけら』の巻頭に置いたのが、実は、この詩「お茶の間の流儀」である。出だしの部分のみを引いた。川俣軍司を「阿Q」と見立てて共振した石毛拓郎は、この作品ではむしろ自分の思いを前面に立て、まるで自らが「川俣軍司」にでもなったように、その怒りを鮮明にしている。川俣軍司だけでなく、当時の、多くの犯罪の底に潜むものを見ようとしない「お茶の間の家族」に対する作者の苛立ちはさらに暴走する。

チャブ台を蹴とばす
襖を切り裂く
カーテンに火をつける
畳に小便をかける
書棚に唾をはきかける

蒲団に汚物をぬりたくる
蛇口を開け放ち
ガス栓をはずす
電灯をたたきこわす
冷蔵庫につめられた食物を放り出す
センチメンタルなシンセサイザーが流れる夕餉の箱庭を崩す
二本の箸に力をこめて
家族の眼球を突き刺す
お茶の間の小市民はいっこうにわが子の殺意すら感じない
ＴＶではおだやかなシルクロードの映像が流れていく
（デスカバー・シルクロード気楽に楽しめる見せ物あこがれの蜃気楼か）
ペッ
ペッ
なにが粋かよ
家族は血の海

ドテリと転がる死体の上に腰をおろして
箸を投げ捨て
散乱した飯をわしづかみのままほうばる

なんとも陰惨な場面にはちがいないが、ひょっとすると、この詩が書かれた八〇年代よりも、現在の方がもっとひどい状況になっているのかもしれない。子どもが大人に反抗するというのは理解できないでもないが、最近の、子ども同士の〝いじめ〟や、親の育児放棄の方がもっと怖い。

もちろん、〈詩〉でどんなに陰惨な場面を描こうと、それで「拒絶」を示せるわけでもない。たぶん表現方法が違うのだ。とはいえ、ここで、まず見て置かなくてはならないのは、石毛拓郎がそういう状況にかかわろうとしていることの方だ。この作品の前半には川俣軍司が顔を出していないが、まちがいなく、深川通り魔殺人の影響を受けてこの詩が書かれていることが分かるのは、後半に「軍司阿Q」が登場するからである。もっとも、その前に、連合赤軍のエピソードが挟まれる。

煩雑になるので、ここでは引用を差し控えたいが、川島四郎という人の文章「日本人の栄養学」の一節が、詩作品の中で長々と引かれる。要は、「浅間山中に隠れていた連合赤軍」は野菜不足やカルシウム不足で「あんな残虐な事件」を起こしたという内容である。食育の重要性などということがよく取りあげられるし、食事の大切さを否定するものではないが、それを盾にとって、社会的思想的なもんだいにまで言及しようというのは、健全な社会の側の、一種の隠蔽工作のようにみえないでもない。

連合赤軍のおろかさは阿Qと同じだと言ってもいいが、たんに野菜不足やカルシウム不足で片付けられてはたまらない。たとえば、松下竜一がノンフィクション『狼煙を見よ』（一九八七年）で三菱重工爆破事件の大道寺将司を取りあげているが、それは何も松下竜一が東アジア反日武装戦線の考えに共鳴したわけではない。同様に石毛拓郎もただ、そこに〝阿Qのもんだい〟を見ようとしているということではないだろうか。

阿Qを笑うものは、いつか阿Qのように笑われ、裁かれるだけではないのか。実は、この文章を書いていて初めて知ったのだが、川俣軍司は私とほぼ同じような年齢である。人生のさまざまな場面で、周囲からの手助けがなければ、どこかで私も彼のように転落していたかもしれない。そう考えると、軍司阿Qは私でもあったと言えないでもない。いやいや、石毛拓郎は、自分こそが軍司阿Qだと、声高に言いたいのではないだろうか。

（昭和56年9月9日午後2時過ぎ、東京深川通り魔殺人犯川俣軍司は東京拘置所から警視庁に転送された。）

（中略）

茨城県鹿島郡波崎町太田、利根川べりに葦原がつづく。太平洋の鹿島灘と坂東太郎にはさまれたチッチャケー砂丘。その昔、松と葦原の安是ノ湖。アズマエミシ数千人、大和軍勢の巧妙な策謀にうたれ惨殺される。常陸風土記にすら登場する葦原の住人川俣軍司さえ、もともとこの土地のもんではなく、北の方からの漂民ときいた。昭和20年代の終りごろ、〝陸の孤島〟と蔑視された鹿島南部の衆民は、荒れくるう方言の下品なレトリックを駆使しつつ、砂山開発の音頭に、わが身心の昂ぶりをかさねがさね〝不毛の地〟の解放論に酔いはじめた。川俣軍司の宿怨、鹿島臨海工業開発。坂東太郎の流れに逆う逆水門。この逆水門にのどをつまらせ、陸にあがった魚類のはらわたを抉りだす川俣軍司の手に、そ

の手ににぎられた出刃包丁）

なんです箸の使い方ひとつまともにできないなんて
必要ないよ
ノストラダムスが地震がきてみな死ぬと言ってるよ
苦虫を嚙みつぶしたような表情で何を読む
（あなたが怒るのも無理はない、だけどこんなマンガバカ相手にするな、教育するほどのことはない。よーくみてみろ、わたしらとぜんぜん階級がちがうではありませんか）

同じく詩「お茶の間の流儀」から引いた。「逆水門」のことは他の作品でも扱われているが、その地域では、環境もんだいのシンボル的な存在として有名なものらしい。
注意しておきたいのは、「階級」という用語である。今となっては、どこか古臭い感じの言葉になってしまったが、詩「さらば愛しき大地」にも「カイキュー感覚」という語が出て来る。「堕落するにはカイキュー感覚が必要なのだ」という、一行がある。

詩「さらば愛しき大地」の題名は、一九八二年四月九日公開の映画『さらば愛しき大地』から取られていると思われる。映画は柳町光男監督・脚本で、根津甚八が主演し、キネマ旬報ベストテン第2位、第6回日本アカデミー賞で監督賞と主演賞を獲得している。舞台は茨城で、映像も美しく、いい映画なのだが、暗く救いのない話だ。主人公の転落のありさまは「軍司阿Q」と同様なので、石毛拓郎は、ごく自然に自らの世界に取り込んだのであろう。

ただ、残念なことに、石毛拓郎は「軍司阿Q」の「拒絶」に触れようとすればするほど、〈詩〉は説明的になり、散文化し、物語そのものを要求してくる。

同じく「階級」という用語が出て来るのが、詩「ひとつぶの遊びごころ」で、初出が雑誌「ユリイカ」(一九八二年四月号)だ。もっとも、こちらは、最初は「カイキュウ」で、途中から「カイキュー」になっている。同じ作品の中で用語が不統一だというのは、事件後の整理のつかない作者の気持ちの表れということになろうか。

殺ってやろうじゃねえか——
苦虫を嚙みつぶしたような面と、
ウジウジした過去の抵抗と激しやすい人生が読みとれる鉄拳が、

背広の若い小民に絡んでいる。
こめかみをピクピクさせ、
両眼はひきつったまま、
文句ある奴、かかってこーよ。
いくぢがねえもんだ。
それでも金玉ぶら下ってんのか。
デケエ顔さらしくさって――
吊し背広の周りをかばうようにとり囲んだその他大勢の小民の、
眼の色がだんだん似てくる。
来た。
来た。
統一されて来た。
須田阿Qは人心に対して敏感であった。
不穏な空気が漂いはじめ、
ことばに青スジが立った。

青年の周囲から、
方々に散らばっている小民の悪霊が須田阿Qに、
とりつきはじめた。
カイキューが違うのだ。
いや、人間が違うのだ。
変形しようとしている。
口元に薄笑いをうかべている。

残念ながら、こちらは「川俣軍司阿Q」ではない。あるいは、石毛拓郎は、さまざまな阿Qを描くことが当初のモティーフだったのかもしれない。『阿Qのかけら』という詩集名は、そういうことを示しているようにもみえる。いずれにせよ、周囲に対する違和感と不器用な振る舞いによって、抜き差しならぬ場面へ追い込まれて行く緊張感がよく描かれている。軍司阿Qも、こんな風にして、事件の人となっていったのではないだろうか。

さて、石毛拓郎は、これらの作品を中心として詩集『阿Qのかけら』をまとめているのだが、本当は一番最初に言うべきだったことは、たぶん、この時期、石毛拓郎はほとんど〈詩〉というものを捨てていたということである。彼は自身が書くものが、〈詩〉である必要を感じていない。かと言って、それが何であるか、そういうことに囚われないで書こうとしている。詩集『阿Qのかけら』の「あとがき」には、次のように書かれている。意地悪く言えば、いくら〈詩〉にしようとしても、〈詩〉にならず、散文化してしまい、手応えがなかったのであろう。

《所謂、詩らしいものに魅力を覚えなくなってきた男が、詩集なるものを出すなんて事も、おかしな話なのですね。

　当人といたしましては、〈詩集である〉という感覚は薄れていますので、〈戯作文じゃないか〉といわれた方が、すこぶる嬉しいのです。

　そもそも、芸術と芸能の差異やその時空的経験の特殊性すら、てんで判っちゃいないにもかかわらず、何故か両者の境界域にアイマイモーローとして、浮動しつづけているのが、私にとっての詩であるらしい。》

　だがしかし、最終的には、ジャンルとの対決を無視してことばを書き続けることはできない。どんなに時代の詩的概念から遠く隔たったとしても、石毛拓郎は〈詩〉から離れることはできないと思う。

ありていに言って、
身元不明死体
軍司阿Qは東京を漂流しながら、
病死
身をやつすかくれみのを求めつづけたのですね。
事故死
東京浦安から、
溺死
さらに深川へと下町ばかりを漂うのはわけありです。
首つり
でもパンツ一本の兇行すら見物のようです。
飛び込み
軍司阿Qの歪んだ笑いは、

服毒
漂流しているうちに身につけた、
飛び降り
世渡りの身ぶりにちがいない。
凍死
必要以上にモノに執着をみせていた。
三万体に近い無縁仏
そのモノは果たして何のしるしであったか。

これは、まちがいなく〈詩〉である。石毛拓郎は、詩誌「潮流詩派」の出身だから、まあ、社会派の詩人だと言っていいが、実は、意外に美的なことにこだわる詩人なのだと思う。右に引いたのは、詩「突出症候群に紛れる」の冒頭部分だ。一行おきに、様々な死を表す名詞が挟まれている。こういう技法は、何も特別なものではないが、言葉をたんに意味を表し伝達するものとしてではなく、言葉そのものとして扱おうとしている点には注目しておいていい。私は、この作品を、藤井貞和の詩「鑑識課にて」と重ねるように読んだ。詩「鑑識課にて」は雑誌「ユリイカ」（一九八二年二月）に載ったものだが、同年に詩集『日本の詩はどこにあるか』（砂子屋書房）に収録された。その一節を引用する。

　みどりごのみどりの死体
　あかごの、あかき死体が
　　帰路を知らなく

現在二万二千件をかぞえる身元不明のほとけたちに、追いつめられてあるもののいとしいすがたがかさなる。なまなましく轢死し、水死し、あるいは腐乱し、白骨に化しているものの対極に、かれらをそこに追いつめた国家を、私は憎む。

　若い母、見よ、帰らざる子のおもて――
　おそらくは生きてあらぬや、
　汝《なれ》も

身元を隠して死んでいった人々に、私たちの共生感が、いとしくかきたてられる。自死も、事故死も、ひとしく追いつめられた果ての個であり、民である。

まちがいなく同時代の中で、石毛拓郎の作品と響き合っている表現だと言える。藤井貞和が石毛拓郎の、先に引用した作品を読んでいるかどうかは知らない。すくなくとも石毛拓郎は、後の詩集『レプリカ 屑の叙事詩』（思潮社・一九八五年十一月）に収録されている詩「其ノムカシ、アルトコロニ……」で、藤井貞和の詩集『ピューリファイ！』（書肆山田・一九八四年八月）に触れて詩を書いているので、石毛拓郎は藤井貞和の、右の作品を読んでいると思う。いや、お互いに読んでないなら、なおさら時代の中で共に書かれた詩だというべきだ。

いまから始まる二度童子の投身の
その一部始終を
両の眼でみとりなさい。

荒磯へ身を溶かす決定的な瞬間の
もてあますほどの長い時間を
まばたきもせずにみつめてくれ。
（中略）
屈折せずに身を捨ててこそ浮かぶ瀬など、ありやなしや。
銚子・犬吠崎
熱海・錦ヶ浦
南紀白浜・三段壁
ともに自殺者が多いこれらの地点は
地理上、ほぼ一直線上にある。
ひらひらとこころの羽毛は
霊ラインから飛んで帰りたいのだろう、何処へ？
面白いか？よるべなき二度童子の投身のおもては——

ほら、眼をそらすな。

足をすくめて放心したり、泣きわめいたりするな。
ただ、水没して逝く小さきひとのすがたをじっとみよ。
そうすると、おのが個であり、民であることの共感と
いとおしくもかきたてられる国家への憎悪とを
そのミロク渡海の断崖に発見するだろう
小さきひとのクニをつれて――。

石毛拓郎の詩「海を渡る」(『社会新報』一九八二年十月二十二日)の全行を引きたかったが、もんだい点の指摘だけに止めたため第二連を割愛した。「二度童子《にどわらし》」とは、子供のように我欲を顕わにした行動や、身勝手な振る舞いで周囲に迷惑をかけるような高齢者のことだ。歳を重ねても、なお思い通りにならない、いわば追いつめられた人々のことであろう。結局のところは、「おのが個であり、民であることの共感」と、その反作用としての「国家への憎悪」が示される。

改めて、詩集『阿Qのかけら』の全十四篇を振り返ってみると、「軍司阿Q」を扱った五篇を除いた各詩篇も、まちがいなく「追いつめられた人々」を描いていることが分かる。

石毛拓郎の詩集『阿Qのかけら』のいくつかの詩篇を読んできて、「国家へ憎悪」という言

葉にたどりついたところで、ようやく、石毛拓郎の根源的なモティーフに触れることができたように思う。と同時に、ほぼ同じ地点で、石毛拓郎が〈詩〉をあきらめたことの意味の一端が分かったような気もしている。もう、詩など役に立たないのだ。考えてみれば、吉本隆明の『戦後詩史論』（一九七八年）の最後で引用されている詩「都市の地声」が、石毛拓郎のものであったというのも象徴的なことのようにみえてくる。吉本は言っている。「言葉だけの希望が無い方がいい。言葉だけの絶望が無い方がいいように。」と。

詩集『阿Qのかけら』は一九八三年六月に出ている。別に、何年のどこという風に線を引くことはできないが、一九七三年の第一次オイルショック過ぎのどこか、あるいは、八〇年代の冷戦時代の終わりのどこかで、何かが完全に終わったのだと思う。終わったのは〈詩〉だと言ってもいい。

ある詩作品の出来が良いとか悪いとかいうような批評ほど、つまらぬものはない。〈詩〉が自らの生にとって、どのように必要なのか考えたことがない者にとって、石毛拓郎の〈詩〉は、ついになにものでもない。

書評　石毛拓郎詩集『ガリバーの牛に』（紫陽社・二〇二二年六月／一八〇〇円＋税）

二十六年ぶりの新詩集、その思想の波動を見よ！

　二十六年ぶりだという。石毛拓郎が新詩集『ガリバーの牛に』を刊行した。二十六年というのは、詩集『義経の犬吠』（一九九六年）から数えてのことだろう。だが、新詩集『ガリバーの牛に』のサブタイトルに〈「屑の叙事詩」残響篇〉とあることから考えると、さらに十年以上前の詩集『レプリカ——屑の叙事詩』（一九八五年）に呼応するものとして見るべきかもしれない。個人的には、詩集『阿Ｑのかけら』（一九八三年）まで戻ってみたい。

　石毛拓郎が、深川通り魔殺人事件を材料に詩を書き始めたのは、その事件が起きた一九八一年（昭和五十六年）六月のすぐ後からだった。もう、今では、「半袖シャツとブリーフ姿で取り押さえられた川俣軍司」のことを憶えている人の方が少ないだろう。その「川俣」が、石毛拓郎の詩集『阿Ｑのかけら』の中で、「軍司阿Ｑ」として歩き回る。いや、彼ばかりでなく、追い詰められた人々が、まさに「阿Qのかけら」となって、「拒絶こそ我が人生」というようにして犯罪に向かう。何とも悲惨な人生である。

そもそも、「叙事詩」とは何か。歴史的事件、英雄の事蹟などを題材にして、そこに、民族などの意識を仮託した韻文のことである。運命劇であり、歴史上の事件や人物を扱う詩である。石毛拓郎は、英雄ではなく、決して歴史に取り上げられることはない無名の人々を、比喩的に「阿Q」として語ろうとしたので、それは「屑の叙事詩」となり、「レプリカ」となったわけである。

さて、新詩集『ガリバーの牛に』にも、多くの人々が登場する。「残響篇」なので、名のある人か。原民喜、林家三平、「ヨシ・オカミ・ノル?」(吉岡実)、魯迅、鈴木常吉、菅原克己、永山則夫、谷川雁、花田清輝、黒田喜夫、野口雨情、杉浦明平、つげ義春、「敬愛する友人・本庄又一郎氏」、ヤン・ソギル、崔洋一、榎本武揚、国木田独歩、北原白秋、田村奈津子、林芙美子等々。もしくは、「淫猥で、野蛮な人間」、孤児たち、難民、「かれ(永山則夫)の最後の叙事詩『木橋』」、「先住民シピポ族の子どもら」、「山形窮民」、「常盤窮民」、「峠を　越えた者たち」「峠で　息絶えた者たち」、復員兵、「アラブの偉いお坊さん」、「ハンセン病の知己朋友の危篤をきいて、『全生園』へ急ぐ詩人」、「清瀬の戦後派、前衛詩人」などの方に眼を向けるべきか。

石毛拓郎＝資料

石毛拓郎　いしげ・たくろう（一九四六年九月四日生）

茨城県鹿島郡波崎町別所（現・神栖市）に生まれる。「石毛拓郎」はペンネーム。石毛姓は、母方の家系。利根川の川向うは、下総台地に沿った河口の町、千葉県銚子市。「渡船」を使い銚子の高校に通う。

一九六五年、上京。世田谷区駒沢競技場近くの「新町」に住む。ほどなく北区十条仲原に、移る。

一九七〇年、大学卒業後、新宿で女性専用の衣料販売に従事。この頃、黒田喜夫に出会う。

一九七三年、外資系塗装機器製造会社にて「ＦＲＰ成形機」の営業。

一九七六年、身体を壊して失職。その後、電設工事の仕事を経て、一九七八年、埼玉県所沢で小学校の教職に就く。神奈川県厚木～川崎登戸～元住吉～横浜港南台～保土ヶ谷～都下東村山と、住まいを転々、埼玉県入間市に落ち着く。

●詩的活動

個人詩誌『反京浜文化』『黒王丸』等、往復詩誌『解体詩書』(田村奈津子)等、発行。会員詩誌『潮流詩派』。詩誌『詩的現代』『イエローブック』『嗚呼』などの創刊に、参加。現在、個人詩誌『飛脚』発行。詩誌『潮流詩派』にて「芭蕉」論、後に「魯迅」論を連載中。

一九七五年に〈新日本文学会〉入会、一九七九〜八三年(『新日本文学』編集委員)

一九七六年に詩集『植物体』で第八回横浜詩人会賞、一九七八年に詩集『笑いと身体』で第十二回小熊秀雄賞を受賞している。また、一九九一年に、『いねむりおでこのこうえん』でDIY絵本大賞受賞。

●著書一覧

朝の玄関　詩集(潮流出版社・一九七一年)
植物体　詩集(紫陽社・一九七五年)
笑いと身体　詩集(詩辞詩宴社・一九七八年)
眼にて云ふ　詩集(永井出版企画・一九八一年)
よみもの詩集　子がえしの鮫　詩集(れんが書房新社・一九八一年)

阿Qのかけら　詩集（一風堂・一九八三年）
詩・生成VI　レプリカ　屑の叙事詩　詩集（思潮社・一九八五年）
惑星ジューンの彼方へ　詩集（れんが書房新社・一九八九年）
いねむりおでこのこうえん（絵・植垣歩子）　絵本　（小峰書店・一九九一年）
詩をつくろう　児童書（さ・え・ら書房・一九九三年）
義経の犬吠　田村奈津子と往復詩集　わがまま詩篇（あざみ書房・一九九六年）
ガリバーの牛に　詩集（紫陽社・二〇二二年）

●共著
同時代子ども研究　5巻遊ぶ・たのしむ　（新曜社・一九八八年）

●特集「石毛拓郎」第二次「詩的現代」第16号（二〇一六年三月）
＊石毛拓郎「未刊詩集」詩集抄「匕首《あいくち》」9篇を収録。いずれも、初出は個人誌「飛脚」、詩誌「パーマネント・プレス」などであるが、修正されたものが多い。
（空から、蛇が／ガリバーの牛／ぼんくら／鬼になれかし／黴にきけ／鑄剣の遺産／植民

見聞録／六根、リヤカーを引け！／丹波の農婦が言った）

＊ 村嶋正浩「『笑いと身体』を読む」と永井孝史「ちょっと違うな」というエッセイも収録されていて、必見。

資料　『イエローブック』総目次（愛敬浩一編）

創刊号（一九八四年六月一八日発行）
永井　永史　詩「連赤以降のクスノキ正成
　　　　　　　　　　――やまと心の棲みわけ学説」
根石　吉久　詩「おしまいになる姿」
川岸　則夫　詩「そんなにも楽しかったこと」
中村　登　　詩「夢の後さき」
村島　正浩　詩「見知らぬ人々の肖像――変色する女」
石毛　拓郎　詩「フリークスの没落」
イエローページ（同人）
表紙AD＝神保力＋XYZ

第二号（一九八四年九月一八日発行）
村島　正浩　詩「見知らぬ人の肖像――日焼けする男」
川岸　則夫　詩「おじいちゃんちで花火を見たことなど」
石毛　拓郎　詩「ゲンカイブツ」
永井　孝史　詩「連赤以降のくすのき正成
　　　　　　　　　　――菊水はためく四条畷まで」
根石　吉久　詩「なあに？」
中村　登　　詩「もしもオクさんが丈夫だったら」
イエローページ（同人）

第三号（一九八五年一月一日発行）
石毛　拓郎　詩「屑屋自動機械――懐かしき一九八四年」
川岸　則夫　詩「川越でまいごになったことなど」
永井　孝史　詩「連赤以後のくすのき正成
　　　　　　　　　　――くまざわご一家の玉音放送」
根石　吉久　詩「待っているんだわ」
中村　登　　詩「あなたなのですね？」
村島　正浩　詩「見知らぬ人々の肖像――テレビを見る女」
川岸　則夫　評論「チャートによる作品分析の試み　新井豊
　　　　　　美「最初の一滴からのあお」（詩集「いす
　　　　　　ろまにあ」より）」

《座談会》「そのすけべ、このすけべ、あのすけべ」
　登場人物　さとう三千魚、同人
イエローページ・自作解題作戦（同人）

第四号（一九八五年四月一日発行）
中村　登　詩「きのうのキッチンに立つ聖子ちゃん」
根石　吉久　詩「空、毛のそよぐ」
村島　正浩　詩「こんにちわ」
石毛　拓郎　詩「ふしぎじくう」
永井　孝史　詩「連赤以降のくすのき正成
　——人はどこから来るという」
川岸　則夫　詩「みずきが肺炎になったこと」
石毛　拓郎　エッセイ「ニンジン飲んで首縊る」
《座談会》「純粋座談会——藤井貞和氏をかこんで」
　（東京池袋・ます久にて）
イエローページ（同人）
表紙画＝森貘郎

第五号（一九八五年七月一日発行）
根石　吉久　詩「月の砂漠—おひめさまへ」
川岸　則夫　詩「この夏、一族再会を果たそうとしたこと
　など」
中村　登　詩「密猟レポート」
村島　正浩　詩「いただきます　言います」
石毛　拓郎　詩「火ノ玉」
永井　孝史　詩「連赤以降のくすのき正成
　——トンガリ山にアメがふる」
川岸　則夫　評論「チャートによる作品分析の試み（二）
　中村登「プラスチックハンガー」」
《座談会》「黒田喜夫、怪物の痕跡　不粋座談会」
『黒田喜夫——村と革命のゆくえ』の著者、長谷川宏（哲
学者）をかこんで（東京池袋・ます久にて）
イエローページ（同人）
表紙画＝森貘郎

第六号（一九八五年十月一日発行）

石毛　拓郎　詩「白兎パラダイス」

永井　孝史　詩「連赤以降のくすのき正成
　　　　　　　　——お山は三つありました」

根石　吉久　詩「冷たい夏——ノッティング・ヒルで黒人のカーニバルがあった」

中村　登　　詩「舌のガンで笑われる・操縦不能でわらわれる」

川岸　則夫　詩「はじめて？海を見た、そして螢もとったことなど」

村島　正浩　詩「そして　言います」

石毛　拓郎　エッセイ「折伏・工作・世直し
　　　　　　　　——一粒の麦、もし死なずば」

《座談会》「まるごと座談会
　　——伊藤聚詩集『羽根の上を歩く』を歩く」
　　　　（東京池袋・ます久にて）

イエローページ（同人）

表紙画＝森貘郎

第七号（一九八六年一月一日発行）

中村　登　　詩「ピクニック」

根石　吉久　詩「おひなた」

石毛　拓郎　詩「奇怪なマンガ——多島海のヒルコ」

永井　孝史　詩「一〇月三日の棒状雲」

村島　正浩　詩「あわわ　言います」

川岸　則夫　詩「いずみちゃん　クロベエ　元気かな？」

永井　孝史　エッセイ「星と両国」

企画《同人・読者が選ぶ「八五年度の不作」ワースト・スリー》

季村敏夫、近藤洋太、森原智子、萩原健次郎
東野正、伊藤聚、加藤恵子、望月苑巳、
市川弘史、仲山清、田代田、野沢啓、
冨上芳秀、I・T生、神山睦美、北川透
プラス同人

《座談会》「頌春偏見放談会——糸井茂莉氏を迎えて」
　　　　（東京池袋・ます久にて）

表紙画＝森貘郎

第八号（一九八六年四月一日発行）
石毛　拓郎　詩「キャバレー桃太郎」
川岸　則夫　詩「その日は一日雪が舞っていたのだった」
永井　孝史　詩「地震の前日に雲を見た」
村島　正浩　詩「雨です　言います」
中村　登　詩「誰かが去った後、わたしたちはいつも」
弱気　　詩「根石さんちのおふとんで」
根石　吉久　書評「過度の犯罪者
　石毛拓郎「レプリカ」への難癖」
中村　登　書評「言葉を加速させて声になった詩集
　村島正浩「見知らぬ人々の肖像」に
ついて」
《座談会》「春期デスマッチ放談会　小長谷清実」
イエローページ（同人）
表紙画＝森貘郎

第九号（一九八六年七月一日発行）
永井　孝史　詩「ムー大陸にアメがふる」
愛敬　浩一　詩「（今日は……）」
才気　　詩「たわし物語」
萩原健次郎　詩「脳の木」
村島　正浩　詩「行く　言います」
石毛　拓郎　詩「舌のおちょん――雀のテレパシー」
川岸　則夫　詩「みーちゃんシンデレラになりそこねた
話」
萩原健次郎　エッセイ「サティ・鬼火・新京極
　――エリック・サティの誤読」
《座談会》「紳士・淑女と黄色いおじさん達
　ＳＣＯＰＥ・イエローブック懇親会」
（東京池袋・ます久三階にて）
イエローページ（同人）
表紙画＝森貘郎　表紙構成＝田中良彦

第十号（一九八六年十月一日発行）
のん気　　詩「『おめえは黙ってろ』、丸めてぽいと」
石毛　拓郎　詩「坂あそび――蜘蛛のレヴュー」

萩原健次郎　詩「魔の人」
永井　孝史　詩「山田のなかの一本足のかかし」
川岸　則夫　詩「あの人・抄」
村島　正浩　詩「ぼく　言います」
愛敬　浩一　詩「夢はたったひとつかなえばいい」
愛敬　浩一　エッセイ「『マホガニー・モーニング』と『夜へ……』における山口百恵」
《座談会》「まんだら阿呆談会」ゲスト・森原智子
（東京・池袋「ます久」にて）
イエローページ（同人）
表紙画＝森貘郎　　表紙構成＝田中良彦

第十一号（一九八七年一月一日発行）
川岸　則夫　詩「ミーちゃんと紅葉の話」
村島　正浩　詩「らん　らん　らん　して　ご飯ですよ
言います。」
永井　孝史　詩「ひびけ電気釜」
愛敬　浩一　詩「青猫だ、まるで。」
中気　詩「すっすっすっとわけもなく」
石毛　拓郎　詩「あれが大砲ひいてやってくる」
萩原健次郎　詩「縞の人」
《座談会》「京洛ガリガリ放談――中江俊夫氏を真ん中に。」
（京都・寺町姉小路「ふじ」にて）
イエローページ（同人）
表紙画＝森貘郎　　表紙構成＝田中良彦

第十二号（一九八七年四月一日発行）
石毛　拓郎　詩「噂の印象――渡辺和博氏の毒電波をうけて」
愛敬　浩一　詩「水の中の馬」
病気　詩「いててっ」
村島　正浩　詩「えどがわー　言います」
萩原健次郎　詩「魚の人」
川岸　則夫　詩「ミーちゃんがさとし君にチョコをあげそこねた話」
永井　孝史　詩「名古屋（愛知県）」
村島　正浩　評論「言葉のひとり遊び　愛敬浩一の世界」

企画《他人の詩を変える》「いじってみたら、こうなった
　――泰平小僧による《天下の名作》堂々の改作」
その一　川岸小僧の巻（↓中気）
その二　萩原小僧の巻（↓石毛拓郎）
その三　愛敬小僧の巻（↓川岸則夫）
イエローページ（同人）
表紙画＝森籏郎　　表紙構成＝田中良彦

第十三号（一九八七年七月一日発行）
愛敬　浩一　詩「雪の日の爪」
石毛　拓郎　詩「麗郷を見にいく」
川岸　則夫　詩「ぼくの坂戸日記　れん休」
永井　孝史　詩「粟なき佐貫（関東版）」
萩原健次郎　詩「Mの収容」
村島　正浩　詩「あぁ　言います」
のん気　　　詩「わたがし」
《座談会》「吉例・イエロー句会（座談会のおまけ付き）
　夏石番矢の逆襲！」（東京池袋・ます久にて）

イエローブック（同人）
表紙画＝森籏郎　　表紙構成＝田中良彦

第十四号（一九八七年十月一日発行）
村島　正浩　詩「それから、言います」
石毛　拓郎　詩「笑いの放浪」
愛敬　浩一　詩「菜の花の日」
××××　　　詩「やっぱ」
川岸　則夫　詩「ぼくの箱根日記　彫刻の森篇」
萩原健次郎　詩「Mの収容Ⅱ」
永井　孝史　詩「ミナカミヤマがまた揺れる」
企画《スポーツの秋、文芸の秋に贈る
　第一回イエロー駅伝
　変えてみるときは勝手やり放題》
イエローページ（同人）
表紙画＝森籏郎　　表紙構成＝田中良彦

第十五号（一九八八年一月一日発行）
川岸　則夫　詩「日がくる、日がやってくる」
村島　正浩　詩「ぺ　言います。」
石毛　拓郎　詩「笑うべきかヲコ」
萩原健次郎　詩「寺町二条」
愛敬　浩一　詩「倉庫1」「倉庫2」
永井　孝史　詩「ぷろぺらプルルン」
××××××十円　詩「自動（切断）機械」
愛敬　浩一　エッセイ「少女趣味について
――内田善美『草迷宮・草空間』」
《座談会》善光寺宿坊放談「貘郎に引かれて善光寺参り」
（長野市篠ノ井小松原　中尾山温泉「松仙閣」にて）
森貘郎　寄稿
イエローページ（同人）
表紙画＝森貘郎　　表紙構成＝田中良彦

第十六号（一九八八年四月一日発行）
永井　孝史　詩「直列並列」
石毛　拓郎　詩「フランケンシュタインの憂鬱」
愛敬　浩一　詩「倉庫3」
村島　正浩　詩「ふぁふぁ　言います。」
萩原健次郎　詩「入水」
根石　吉久　詩「おぼえないことをめぐって」
川岸　則夫　詩「春がくれば、とあの人はいう」
企画《偽り多き世に咲いた真実の花
第一回イエローリボン賞　堂々決定！》
「第一回イエローリボン賞！選評レポート
アタマおかしくならないかい？」
イエローページ（同人）
表紙画＝森貘郎　　表紙構成＝田中良彦

第十七号（一九八八年七月一日発行）
萩原健次郎　詩「たべるな！」
川岸　則夫　詩「A letter from Itabashi」
村島　正浩　詩「眩しい　言います」
根石　吉久　詩「あっ〆切だ。どっか山ン中へ行って車ン中で書くぞ。松代のぼって地蔵峠くだって真田のぼって菅平くだって保科温泉すっとばし長野市内うろうろ善光寺盆地横切り反対側の山へのぼればさっきの菅平の上にまんまるのお月さん。動物園はお休みで誰もいないぞ、これはいい。きっぷうりばに車を停めて一挙に書いたけど何じゃこれ？」

永井　孝史　詩「婦負郡の三角地帯」
石毛　拓郎　詩「快楽の海に浮かぶ島」
愛敬　浩一　詩「倉庫4」
《座談会》「なんでいつもこうなるの？
　みんなで村島しよう」
お客様　田村のり子
（池袋高級割烹「ます久」にて）
イエローページ（同人）
表紙画＝森貘郎　表紙構成＝田中良彦

第十八号（一九八八年十月一日発行）

川岸　則夫　詩「板橋通信（第二信）」
石毛　拓郎　詩「ねむりな——鎌倉に」
村島　正浩　詩「夏も終わりですね、言います。」
愛敬　浩一　詩「倉庫5」
永井　孝史　詩「フランクリンはまる儲け」
萩原健次郎　詩「能力」
《寄稿・イエローな新刊を斬る》
雨宮　慶子「愛敬浩一詩集『危草』について」
山口真理子「萩原健次郎詩集『脳の木』について」
筏丸けいこ
企画《ガクジュツ的詩論競作》学術的詩的興奮へ
「学術的に詩をあくまでガクジュツ的に」
村島　正浩「学術的詩的興奮に辿り着く為の実用的手順。」
萩原健次郎「自動筆記写真、あるいはアッジュとしての自動筆記。」
永井　孝史「詩人になった永井サン」
愛敬　浩一「阿部恭久論」

石毛　拓郎「精神安定剤を飲んで」
根石　吉久「同人誌における人間関係」
イエローページ（同人）
表紙画＝森貘郎　表紙構成＝田中良彦

第十九号（一九八九年一月一日発行）
萩原健次郎　詩「茶碗の湯」
村島　正浩　詩「雨模様なのね、言います。」
石毛　拓郎　詩「魔法のとけた麒麟」
永井　孝史　詩「牟岐（徳島県）」
愛敬　浩一　詩「結末について」
根石　吉久　詩「百年も千年も」
《座談会》「湯めぐり座談会——だいたい女なんて!?
ゲスト・大橋政人令夫人
後見人・大橋政人
群馬の話題・話題の群馬」
（群馬県川原湯温泉「山木館」にて）
イエローページ（同人）
表紙画＝森貘郎　表紙構成＝田中良彦

第二十号（一九八九年四月一日発行）
谷内　修三　詩「語学の時間」
愛敬　浩一　詩「距離について」
石毛　拓郎　詩「ダーウィンのヒント——ガラパゴスの楽園のJへ」
みさきたまゑ　詩「昭和町字鳩部屋という住所が本当にあるのを知っているだろうか」
眠勝　新　詩「記号的苦役のオード」
永井　孝史　詩「マルハチ」
中村ひろ美　誌「マイルド、セブン、セレクト」
萩原健次郎　詩「記述」
谷内　修三　エッセイ「ミーハーの味方」
石毛　拓郎　書評「萩原健次郎詩集『眼中のリカ』を弄ぶ」
眠勝　新　書評「小阪修平『非在の海』のゆくえ」
《座談会》新同人を選ぶ「真面目に困ったイエローの面々」
（東京浅草、仲見世付近の珈琲店やお好み焼屋にて）

イエローページ（同人）
表紙AD＝田中良彦

第二十一号（一九八九年七月一日発行）
中村ひろ美　詩「はうりんぐ――半減期――」
愛敬　浩一　詩「電話について」
谷内　修三　詩「男についての描写」
石毛　拓郎　詩「森の誘惑」
みさきたまゑ　詩「背の高い男の人の顔はいつも思いだせない」
萩原健次郎　詩「地方」
永井　孝史　詩「地鉄電車（富山県）」
眠勝　新　詩「死に水のように泡立つ」
《4ページジャック》
萩原健次郎「ついに出た〝怒りの一巻〟」
眠勝　新　エッセイ「S・M・Bと「電話」的回路」
中村ひろ美　書評「谷内修三詩集『金栄堂書店の椅子』を読む」
谷内　修三　書評「みさきたまゑ詩集『三角たまごのラブソング』を読む」
《座談会》主催・はらたえ「宝の山の持ちぐされ――正しい凸凹、みんなの書き順」
（京都姉小路「ふじ」にて）
表紙AD＝田中良彦

第二十二号（一九八九年十月一日発行）
みさきたまゑ　詩「みみずの国」
愛敬　浩一　詩「桜について」
中村ひろ美　詩「クリスマス・クリーム」
谷内　修三　詩「小倉金栄堂の秘密」
村島　正浩　詩「触ってもいいよ　言います」
永井　孝史　詩「入間川分校（埼玉県）」
萩原健次郎　詩「夜光都市」
石毛　拓郎　詩「オチュンドラルキングは暁を」
眠勝　新　連載「反＝表現要理（1）――「吉本隆明論」たち」

谷内　修三　エッセイ「ビデオと映画」
《4ページジャック》
愛敬浩一「実りの秋に贈る名言『今すぐ、駅に行きなさい』」
企画《談論形式による作品占い》
「こんなのでましたけど?」
①事件・犯罪 ②映画・TV ③随想・評論
④美術・造型 ⑤音楽・レコード・ライブ
⑥詩・俳句・短歌 ⑦童話・絵本
⑧小説・読物 ⑨演劇・舞踊
表紙AD＝田中良彦

第二十三号（一九九〇年一月一日発行）
谷内　修三　詩「クフウフク叔父さんへの手紙」
みさきたまゑ　詩「愛の泡姫マンション」
石毛　拓郎　詩「このミツバチとまれ」
村島　正浩　詩「雲が、言います」
中村ひろ美　詩「(KIRA)」
愛敬　浩一　詩「近況について」
萩原健次郎　詩「福寿苑のマッケンナさんは、その夜も天国をいったりきたりしていた。」
永井　孝史　詩「古希と解け」
眠勝　新　連載「反＝表現要理（2）——「吉本隆明論」たち」
谷内　修三　エッセイ「ペレ」
萩原健次郎　エッセイ「ノン・ギャグのハーモニカ独奏」
眠勝　新　書評「石毛拓郎詩集『惑星ジューンの彼方へ』をめぐって」
《これがうわさの4ページジャック》
みさきたまゑ「電脳詩人日記——入門篇」
企画《うしみつくんより　愛をこめて♡》
マクドナルドのばかめうしみつくん
拝啓イエローブック様だようしみつくん
吉本ばななファンへのうしみつくん
はいて捨てる程ある女性誌の皆様へのうしみつくん
なにが締め切りだようしみつくん
公認詩人たちへのうしみつくん

「一杯のかけそば」に涙したひとへうしみつくん
みさき本人へのうしみつくん
「愛敬」がなんだうしみつくん
イエローページ（同人）
表紙AD＝吉田英幸

第二十四号（一九九〇年四月一日発行）
永井　孝史　詩「おまけに安全日」
愛敬　浩一　詩「好きな女友達」
谷内　修三　詩「アフター・サービス」
石毛　拓郎　詩「ファルスの島へ」
村島　正浩　詩「どうしたの　言います」
みさきたまゑ　詩「うわさも聞かない」
萩原健次郎　詩「暗黒盛り場のトライベッカで、バンジョー弾きのカリは、太い根を生やしていた。」
宗近真一郎　連載「反＝表現要理（3）——「吉本隆明論たち」
萩原健次郎　書評「谷内修三詩集『最上の愉楽』の愉楽」

《4ページジャック》
宗近真一郎「詩的未開生（どうじんし）と自閉的権力」
企画《宮崎ツトム詩集》☆贋作
ありがとう／部屋／アルプス乙女／鳥／しゃぼん玉が飛んだか。／上野彦馬クン／詩集『人形のつめ』（ぜんぶん、いんよう）／パズル／（走り書きのメモより）
解説（谷内修三ほか）
イエローページ（同人）
表紙AD＝吉田英幸

第二十五号（一九九〇年七月一日発行）
奥村　真　詩「種蒔く人」
ケニー・ハギンズ　詩「おくすりラップ」
永井　孝史　詩「魔が居るわ」
村島　正浩　詩「だって、さ　言います」
石毛　拓郎　詩「ラサロカルディナスの魂——椎名あやか讃江」

みさきたまゑ　詩「昨日のデパート」
愛敬　浩一　詩「ファショナブルな資本主義」
宗近真一郎　連載「反＝表現要理（4）――「吉本隆明論」たち」
石川　為丸　書評「永井孝史詩集『ムー大陸にアメが降る』もしくは考古学的残滓からの逆襲」
《座談会》恒例イエロー放談会
「書体選択の自由、アハハン。」ゲスト・奥村真
（於・東京池袋キンカ堂地下「麦香村」）
イエローページ（同人）
表紙AD＝吉田英幸

第二十六号（一九九〇年十月一日発行）
宗近真一郎　詩「やめなよ、キレイゴト」
石毛　拓郎　詩「散文抜萃」
萩原健次郎　詩「くれない属」
村島　正浩　詩「扇風機回して　言います。」
奥村　真　詩「八月のアカーキー・アカーキェウィッチ」
永井　孝史　詩「当用日記1963」
愛敬　浩一　詩「倍速ダビング『遊女濃安都』」
宗近真一郎　エッセイ「詩？！　書けるさ、ほんなもん」
企画《同人アンケート》
「知りたがり＝14の質問」
イエローページ（同人）
表紙AD＝吉田英幸

［備考］必ずしも目次の通りではない。座談会、その他の企画等は、巻頭の場合が多いものの、〈目次〉では末尾にまとめている。14号と15号の「×」は、ワイセツの可能性あり伏字。編者の判断で自主規制。また、根石吉久は、多くのペンネームを使用しているが、それ以外の同人の変名も見受けられる。眠勝新は、宗近真一郎の『イエローブック』におけるペンネームであることなども、その一つ。24号の《宮崎ツトム詩集》が贋作であることにも注意しておく。

荒川洋治と石毛拓郎——その〈詩〉的現在を問う　初出一覧

第一部　荒川洋治

荒川洋治の〈詩〉をどう読むか　——最新詩集『真珠』を読む　書き下ろし
荒川洋治論のために　——八〇年代の入口のあたりで　第二次「詩的現代」20号（2017年3月）
書評・詩集『真珠』　「詩と思想」11月号（2023年11月）
荒川洋治＝資料

第二部　石毛拓郎

新詩集『ガリバーの牛に』へ向けて　——八〇年代の連作「闇のパラダイス」を読む　書き下ろし
阿Qとは誰か　——詩集『阿Qのかけら』論　第二次「詩的現代」16号（2016年3月）
書評・詩集『ガリバーの牛に』　「詩と思想」9月号（2022年9月）
石毛拓郎＝資料
詩誌「イエローブック」・総目次　第二次「詩的現代」5号（2013年6月）

あとがき

荒川洋治さんや、石毛拓郎さんから受けた影響を、どう説明したらいいものだろうか。

少なくとも、それは、六〇年代後半までの〝戦後詩の流れ〟を無にするようなものではなかった。その後の、急進的な構造主義やポストモダンなどという流行とは遠く離れ、独自に、手探りで、あり得べき〈現代詩〉を深く追い続けた文学者として、荒川さんや石毛さんなどが、どれほど大きい存在であるかを、本書で語たらんとしたのである。言わずもがな、私は、実証や考証など事としてはいない。

遥か昔、私の〝生涯唯一の（それも、合同の）出版記念会〟で、版元としての荒川さんから、私の詩などに全く触れることもないスピーチをいただき、その斟酌のない、ハードボイルドさに、シビレたものだ。また、同人誌「イエローブック」の先輩である石毛さんを遥か遠く見ていたことなども、思い出す。

つまらぬことに一つだけ触れておくと、お二人とも、「詩」とか、「詩人」とかいう、言葉の〝胡散臭さ〟を疑い、傷つき、嫌い、場合によっては弄び、それから逃れようとした点で、他の実作者とは大きく隔てられよう。玉城入野氏が発行している「うた新聞」136号（二〇二三年七月十日）に載せていただいた短文を「あとがき」代わりに掲げたい。尊称であり、場合によっては蔑視の言葉でしかないのが、「詩」や「詩人」なのであろう。

*

どうしても「肩書」が必要な場合がある。

私は詩集を出しているし、日本現代詩人会の会員でもあるので「詩人」としているが、なぜか、自ら「詩人です」と名のるには、少し抵抗感がある。歌人や俳人と同じであるし、小説家とか随筆家とか、エッセイストやコラムニストなどの、様々な分類の一つに過ぎないはずだ。ところが、「詩人」の場合のみ、映画であれ、絵画であれ、音楽とか、様々なジャンルにおいても、「この作品の作者は詩人だ」というように、まるで尊称のような使用例がある。これが困るのだ。

私の尊敬する荒川洋治さんが、ことさらに「現代詩作家」と自称している背景には、そんなニュアンスがあるのではないか、と密かに思う。私に『詩人だってテレビも見るし、映画へも行く。』というエッセイ集があるが、居心地の悪さゆえに、「あとがき」で、イタリアでは、電話帳に「魔女」という職業欄があるらしいという話をつけ加えた。私にだって、〝恥じらい〟くらいはある。

さて、荒川洋治さんの近著『文庫の読書』（中公文庫）は、ジャンルにこだわらない、東西の名作「文庫本」に対する短評集である。文庫オリジナル編集であり、名立たる名作に対し、身じろぐこともない荒川さんの姿も潔い。その中に、紀伊國屋新書、ちくま文庫を経て、十年ほど前、講談社文芸文庫に入った『戦後詩』という寺山修司の「文庫本」に触れた文章がある。短文ながら、ため息がでるような論評だが、引用の余裕がない。

それは読んでいただくとして、ここでは寺山修司という存在の方へ、改めて目を向けたい。俳句から短歌へ、現代詩から劇作へ、さらに映画も撮り、もちろん、小説や評論等、何でも書き、劇団「天井桟敷」も立ち上げたマルチな才能だから、それこそ、寺山修司に「肩書」など、つけようもない。

とは言うものの、寺山修司は、やはり、尊称としての「詩人」ではなかったか。

愛敬浩一（あいきょう・こういち）

１９５２年群馬県生まれ。和光大学卒業後、同大学専攻科修了。八〇年代に、『長征』と『遊女濃安都』の二詩集を紫陽社から刊行。詩集『夏が過ぎるまで』（砂子屋書房）、現代詩人文庫 17『愛敬浩一詩集』（砂子屋書房）、新・日本現代詩文庫 149『愛敬浩一詩集』（土曜美術社出版販売）等の他、[新] 詩論・エッセイ文庫 10『詩人だってテレビも見るし、映画へも行く。』（土曜美術出版販売）、[新] 詩論・エッセイ文庫 17『大手拓次の方へ』（土曜美術出版販売）、[新] 詩論・エッセイ文庫 21『詩から遠く離れて』（土曜美術出版販売）、及び、詩人の遠征シリーズ 12『遠丸立もまた夢をみる』（洪水企画）、詩人の遠征シリーズ 13『草森紳一の問い』（洪水企画）、詩人の遠征シリーズ 14『草森紳一「以後」を歩く』（洪水企画）、詩人の遠征シリーズ 15『草森紳一は橋を渡る』（洪水企画）など。日本現代詩人会会員。

詩人の遠征 16

荒川洋治と石毛拓郎
――その〈詩〉的現在を問う

著者……愛敬浩一

発行日……2024 年 4 月 2 日
発行者……池田 康
発行………洪水企画
〒 254-0914 神奈川県平塚市高村 203-12-402
TEL&FAX 0463-79-8158
http://www.kozui.net/
装幀………巖谷純介
印刷………モリモト印刷株式会社
ISBN978-4-909385-47-5

詩人の遠征シリーズ　既刊

❶ **ネワエワ紀**
池田康 著　1760円

❷ **骨の列島**
マルク・コベール 著、有働薫 訳　1980円

❸ **ささ、一献　火酒を**
新城貞夫 著　1980円

❹ **『二十歳のエチュード』の光と影のもとに**　～橋本一明をめぐって～
國峰照子 著　1980円

❺ **永遠の散歩者　A Permanent Stroller**
南原充士英和対訳詩集　1760円

❻ **太陽帆走**
八重洋一郎 著　1760円

❼ **詩は唯物論を撃破する**
池田康 著　1980円

❽ **地母神の鬱**　―詩歌の環境―
秋元千恵子 著　1980円

❾ 短歌でたどる **樺太回想**
久保田幸枝 著　1980円

❿ **悲劇的肉体**
J・シュペルヴィエル 著、嶋岡晨 訳　1980円

⓫ **黒部節子という詩人**
宇佐美孝二 著　1980円

⓬ **遠丸立もまた夢をみる**　――失われた文芸評論のために
愛敬浩一 著　1980円

⓭ **草森紳一の問い**　――その「散歩」と、意志的な「雑文」というスタイル
愛敬浩一 著　1980円

⓮ **草森紳一「以後」を歩く**　――李賀の「魂」から、副島種臣の「理念」へ
愛敬浩一 著　1980円

⓯ **草森紳一は橋を渡る**　――分別と無分別と、もしくは、詩と散文と
愛敬浩一 著　1980円